トカゲの庭園

登場人物紹介
レグザス
赤褐色の鱗を持つ竜の子ども。
エドナの森に住む。
エドウィン
26歳。ルシュターナ王国の
第二王子。
トカゲの半身のため、
エドナ城に幽閉されている。
アイナ
22歳。二回の結婚を
経験した没落貴族の娘。
“トカゲの王子様”と三度目の
結婚をすることに。

ルーテシア
小国リリアージュの王女で、
ラルフガルドに嫁ぐ。
ディラン
ルシュターナ王国国王。
エドウィンと
ラルフガルドの父親。
ラルフガルド
エドウィンの兄で、
ルシュターナ王国次期国王。
バード
エドウィンの執事。
いつも笑顔で物腰は
穏やかだが、わりと腹黒。
マティルダ
エドナの薬屋「ガフの店」を
営む老婆。

1　三度目の結婚

「あたっ――」

揺れる馬車の天井に思い切り頭を打ちつけ、アイナ・ルーウェンは再び溜息をついた。

王都を出発してから七日目。馬車に押し込められているアイナのイライラは、ピークに達している。

そして日を追うごとに道が悪くなっていき、頭を打ち付ける回数も増えていた。仕方ないので、ふかふかのクッションをひとつ持ち上げ頭の上に乗せると、それはちょうどよい緩衝材《かんしょうざい》になった。

馬車から見える外の景色は、華やかな街でもなければ、キラキラと輝く湖でもない。ただひたすらなだらかな丘と畑。たまに、群れてのんびりと草を食《は》む家畜の姿もある。それも旅の初めこそは珍しかったが、もういい加減飽きた。うんざりするほど同じ風景なのだ。

収穫の時期も終わり、冬の気配に覆われているこの世界は見事に色が付いていなかった。


先日二十二歳を迎えたばかりのアイナは、没落貴族ルーウェン家の長女だ。

没落している実家を守《も》りたてるには、より身分の高い、もしくは裕福な男性を伴侶とするのが、一番手っ取り早い方法である。アイナは、自分にそれを実現するだけの器量があることは理解していた。父親譲りの濃いブラウンの髪と深緑色の瞳も、母親譲りの白い肌も、誰もが褒めてくれるものだった。だから十七歳で裕福な家の男との結婚話があった時には、自分を高く売るチャンスだと思ったぐらいだ。

結局のところ、玉の輿を狙った結婚は二回とも夫が早くに亡くなる、という結果で終わった。打ちのめされたアイナにとって最悪だったのは、「アイナは二人の夫を死に追いやった毒婦である」という根も葉もない噂が広がったことである。王都に住む人々は面白半分に噂を口にしたが、これによってアイナは城で働くという道も断たれてしまった。王宮に仕えるのは貴族の娘たちであることが多かったが、さすがに毒婦じゃ城の門もくぐらせてはもらえまい。不貞腐《ふてくさ》れて家に閉じ籠る生活だった。

そして今、三度目の結婚のために、この退屈な馬車に乗って北の地に向かっている。

不意にノックされ、アイナはだらしなく伸ばしていた足を急いでしまって窓を開けた。

王都からずっと先導していた騎士だ。

「エドナの街に入りました。城はあの丘の上です！」

馬を器用に操りながら丘を指さして、車輪の立てる音に負けないぐらいの大声で教えてくれる。

「見えないわよー！」

こちらも負けじと叫ぶアイナに対して、「舌を噛まないように気を付けてくださいよ」と騎士は人懐っこい顔を見せて馬車の前へ進んで行った。

指された方をじっと見つめる。低い丘の上にまだ城は見えなかったが、その周りには黒い森が果てしなく続き、さらにその奥に国境となる山々が連なっているのはうっすらと確認できた。

日が落ち始めたころ、三人の騎士に先導された豪華な馬車はそう大きくはない街を抜け、緩やかな坂を上る。レンガを積み上げたアーチ状の門と、そこから左右に延びる高い壁が城の敷地に入ったことを告げていた。

そして馬が止まった。

とにかく車輪と馬の蹄《ひづめ》の音がやかましく鳴り響き、ガタンガタンと揺れ続け、身体のあちこちを打ち付ける日々が終わったのだ。アイナは心の底からほっとした。

嬉しさのあまりアイナが勢いをつけて開けた扉に、騎士の一人がぶつかった。どうやら彼は紳士として恭《うやうや》しく馬車の扉を開けようとしてくれたらしい。騎士に慌てて謝り、小さく溜息をついた。がさつな自分が恥ずかしい。貴族とは名ばかりで、貧しく人を雇えない家では、身の回りのことはすべて自分でやってきた。例えば掃除の際には、両手に荷物を抱えながら足でドアを開けたりもした。

母はそんな彼女を見て、「外では猫を被っていなさいよ」と釘を刺すことを忘れなかったが、多分それは無理なのだと、最近はなんでも諦めがちなアイナは思った。

馬車を降りて、目の前の建物を眺める。正面の玄関まで石畳が敷かれている。その先には大きな木製の扉。建物の壁は古い灰色の石でできており重苦しい雰囲気を醸し出していて、城というよりは修道院や教会のようだ。あまりにもこぢんまりとした佇《たたず》まいだったので、ここに身分の高い人が住んでいるとは想像できなかった。

王都にある城は絢爛豪華《けんらんごうか》の一言に尽きる。それとは対照的なこの寒々とした薄暗い建物は、なんとなく今の自分そのもののように思えて、アイナは肩を落とした。

三度目の結婚について、今度ばかりは両親も、断っても良いのだと言ってくれた。だが、タダ飯食らいの出戻り娘を置いておけるほどルーウェン家に余裕があるわけではない。そのことはアイナも重々承知している。そして、嫁ぎ先が王都から遠く離れた辺境の地であることも、その時のアイナにとっては良い事のように感じられた。逃げだと言われればそうなのだろう。しかし、口さがない街の人たちと戦う気力はもはやなかった。

どうせあとは出家ぐらいしか道がないのだ。どちらでも大して変わらないように思う。

アイナは、化け物として王から遺棄され、この辺境の地で幽閉されているというルシュターナ王国第二王子のもとへ嫁ぐことを決めたのだ。

2　トカゲの王子様

突然、なんの音もなく城の扉が開いた。

「アイナ・ルーウェン様、お待ちしておりました」

背の高いロマンスグレーがにこやかな表情で立っている。この古い建物にはぴったりすぎる人が出てきて、アイナは思わず見とれてしまった。自分の父よりも少し年上と思われる、柔和《にゅうわ》な顔の男だ。

「執事のバード・アルシスと申します。ようこそ、エドナ城へ」

「初めまして。アイナ・ルーウェンです。よろしくお願いします」

最初が肝心だ。緊張で頬を引き攣《つ》らせないように気をつけながら淑女の笑顔で挨拶を返した。

「あの、何か？」

ふと、バードが不思議そうな顔をしているのに気がついた。

「……お付きの侍女はいらっしゃらないのですか？」

アイナはああ、と声を漏らす。

「残念ながら、侍女を持てるほどの生活ではありませんでしたので」

本当のことだ。ここで見栄を張っても仕方がない。

「ではお一人で？」

驚いたように言うバードに対し、今度はアイナが困惑した。

「あ、はい。でも、王都から騎士が三人ずっと付いていましたので、一人というわけでは……」

後ろを振り向くと、その騎士たちが多くはない荷物を馬車から下ろしているのが見える。

そしてバードの問いの意味がようやく分かり、アイナは慌てて言葉を繋げた。

「あ、大丈夫です。私、一人で自分の身の回りのことはできますから！」

裕福な貴族の娘なら、着替えから風呂まで自分で何かをやることはないので、輿入《こしい》れの際も侍女を連れてくる。だがもちろんアイナはそんな身ではない。「なんならあなたのシャツも洗いますがなにか？」ぐらいの暮らしぶりなのだ。

バードは、そんなアイナの言葉を受けて笑顔になった。

「それはようございました。この城には主《あるじ》と私しかおりません。なかなか行き届いたお世話は難しいものですから、失礼も多いかと思います」

要は自分のことは自分で面倒見てね、ということか。まさかこの執事に着替えを手伝わせるわけにはいかないでしょうしね、とアイナは神妙に頷いた。

バードに招かれ扉をくぐる。玄関はとても広く、天井は高い吹き抜けとなっていた。壁の高い位置には色のついたガラスが嵌《は》め込まれ、そこから夕日が差し込み明るい空間を演出している。

予想外の光景に、「綺麗……」とつぶやいたアイナは、そのまま少し視線を落とし、二階へ通じる正面階段の途中に男の姿を見つけた。

表情も無くアイナをまっすぐに見ている。少し長い黒髪が彼の顔の輪郭を覆っていて、首から下は長い灰色のローブで隠れていた。細身ではあるが肩幅はしっかりとあるので、身体つきは良いのかもしれない。右手を階段の手摺の上に置いている。そして反対側に垂れた彼の左手に目を奪われた。

――これがトカゲの王子様。

思わずアイナは息を呑む。

ローブの袖からつき出ている左の甲から指先までが見えた。

その皮膚は明るい橙色《だいだいいろ》をして鱗《うろこ》に覆われていて、反射する夕日に染まり鈍く光っていた。

アイナの手の二倍はありそうな甲は、骨ばってゴツゴツしている。そこにももれなく大きな鱗がびっしりと生えていた。伸びる五本の指の先は、鎌と見紛《みまが》うほど太く尖《とが》っている鉤爪《かぎづめ》だ。おそらく、あの焼けただれたような色の皮膚は、目の前の人――果たして人なのか？　――が着ているローブの下の身体にも続いているのだろう。

ふと、王宮の門の上に飾ってある、鋭い爪を持つ竜の石像を思い出す。それは架空の動物で物語でしか聞いたことがないものだ。

たしか、神様に退治された竜が城の門番になったお話だっけ、とあやふやな記憶を辿る。

アイナはその場に立ち尽くしたまま相手の左手を見つめていたが、目を上げて男の顔を見た。

黒い瞳の視線とぶつかる。

……ああ、人の目だ。

そう感じたら、なぜか安心した。

アイナは男と視線を合わせたまま微笑む。

「アイナ・ルーウェンと申します。王都より参りました。よろしくお願いいたします」

スカートをつまみ少し頭を下げて、淑女の礼を取る。

「エドウィン・シーカー・ルシュターナだ。客人としてお迎えします。どうぞごゆっくり」

彼が喋ったこと自体が、なにかそれだけで神秘的な気がした。

低くもはっきりと響く声が綺麗だと思ったが、それよりも彼の発した言葉に引っかかる。

客？　今、客人って言った？　妻じゃなく？

顔を上げ、ぽかんと口を開けたままのアイナを置いて、城の主であるエドウィンはさっさと二階へ消えてしまった。

その場で固まっていると、執事のバードが、「お部屋へご案内します」と声を掛けてきた。そのまま連れられて一階の右奥へと進み、立派な扉の前に辿り着く。

扉を開ければ、柔らかい白色の壁が眩《まぶ》しく目に入る。中には大きな暖炉が設《しつら》えられていた。

広いバルコニーが庭へと続いていて、窓には刺繍《ししゅう》で縁《ふち》取られた重厚感のある濃緑色のカーテンが掛けられている。奥には天蓋付きのベッドが見えた。

「可愛い部屋！」

自分のために用意された部屋に、気持ちが一気に上がる。その様子を見ていたバードが、満足そうな笑みを浮かべた。

「アイナ様、私のことはどうぞバードとお呼びくださいませ」

「……ファーストネームで？」

「この城では皆、そのように呼びます。エドナでは姓のない者も多いのですよ」

姓を持たないのは、農民や職人など裕福ではない者たちや流れ者だけだ。ということは、エドナは農民や職人が多い、田舎の地であると言える。

「そういう土地にアイナ様はおいでになったのです」

少し憐れむような目をするのは、王都育ちの小娘の出方を見たかったからなのかもしれない。

この執事は一筋縄ではいかない人なのだろうな、と思った。

「バードさん、郷に入っては郷に従えって言いますものね」

彼を名で呼んだ。それがルールなら従うまでだ。そしてふと、さっき顔を合わせた人の名前の呼び方も聞いてみた。

「あ、それはあの……エドウィン様も一緒ですか？」

「もちろんでございますよ。主《あるじ》も名前で呼んでいただいて構いません」

「……不敬罪になるかと思いました」

「エドウィン様はこの地で育っております。王都のルールなど知ったことではございませんし、王族と思われたくもありませんでしょう」

バードの声は低く、不遇の主を悲しんでいるようでもあり、アイナへ説くようでもあった。

それでは、とバードは退出しようとしたが、ふと付け足す。

「城の中では自由にお過ごしください。主のお客様ですから」

その言葉を受けてバードへ目をやると、彼は無表情のままアイナを見つめ返してくる。

「いつお帰りになっても構わないということですよ」

瞬間、アイナの心に寒い風が一気に吹き込んだ気がした。

「バードさん。そ・れ・は、私を迎えたくない、ということですか？」

思わず噛みつくように聞き返したアイナに、「違います」と即座にバードは答える。

「エドウィン様は、ご覧になったように半身が変わっておりますので、それを見た女性はすぐにお帰りになります。引き留めるつもりは無いということでございます」

しれっと言うバードの顔を、小首を傾げて眺めながらアイナは考える。

帰るということは、また馬車に揺られて頭をぶつける日々が続くのだ。それは勘弁して欲しかった。

大体、王都に戻ったところで帰る場所なんてもう無いのだ。

王子だけど化け物トカゲに輿入《こしい》れする、ということに自分も納得したはずで。

何よりもちゃんと言葉が通じた。それに、あの王子の顔はなかなか良いと思う。

だからアイナはバードを見上げて、「しばらくお世話になります」と頭を下げた。

「……本気ですか？」

それは予想外だったのか、バードは小さくつぶやいたまま、固まっていた。だがアイナが向ける視線に気づき慌てて顔を取り繕《つくろ》う。

「アイナ様、お夕食はどうなさいますか？　お部屋でお取りになりますか？」

「できれば一緒に。客人として」

その瞬間、アイナはこの澄ました執事が破顔一笑するところを見た。

「畏まりました。どうぞアイナ様が長く滞在していただけますことを」


アイナを部屋へ押し込んだバードは、浮足立つのを自覚しながらエドウィンの部屋へと向かう。

あの日、一体誰がこの状況を想像できただろうか。

それは一か月前のことだ。突然王宮から書簡が届いた。珍しいこともあるものだと嫌味たっぷりに笑いながら封を開けて、そしてバードは固まった。あまりのことに、主《あるじ》であるエドウィンが不審そうな顔をして見つめている事にもしばらく気づかなかったぐらいだ。

「どうした？　親戚でも死んだのか？」

「……いえ。エドウィン様がご結婚されるそうです」

今度はエドウィンが固まる番だった。

書簡には、妻となる者の名前と、その家の由来がつらつらと書かれていた。そして付け足しに、結婚歴が二回あると。たったそれだけだ。そして封筒に押されたルシュターナ王国の国印が、王宮からの命令であることを示していた。

「……で、いつ来るんだ？」

右の頬を引き攣《つ》らせながらエドウィンが聞くが、答えたくても書簡には書いていなかった。しばらく二人の間には沈黙が流れ、どちらからともなく溜息が漏れる。そうしてエドウィンは、「帰せばいいだろう」と投げ遣りに言った。

過去にも一度、訪れてすぐに回れ右とばかりに去った女性がいた。まだ幼い面影のあったその人のように帰ってもらえばよいと、エドウィンは言う。しかしすぐ帰るにしても、顔を合わせればエドウィンの姿を見て心ない言葉を口にするだろう。主に一応は献身的な執事であるバードにとって、エドウィンが会って間もない女性から辛辣《しんらつ》な罵声を浴びせられるのは辛かった。

それから毎日、いつ来るともわからない訪問者のために部屋を掃除しながら、バードの頭の中では書簡を寄こした王宮に対する怒りが渦巻いていた。

生まれたその日から会ってもいない息子に、なにを今更。そのことがどんなにエドウィンを苦しめているのか分かるはずもない。そしてエドウィンの母であった王妃がどんなに悲しみにくれていたのかも。そこに二度も結婚した女を送ってくるとは！

「は！」

バードは吐き出すようにイライラと声を上げる。王に対して呪詛《じゅそ》の言葉を洩らしていることに自分で気づいた。これが王宮の中にいたら斬首ものだろうが、幸いにも王都からはるか離れた北の辺境の地だ。王への悪態《あくたい》が次々とバードの口から出てきていた。

二度の結婚と聞いて、バードもエドウィンも、毎朝城へ通ってくる料理人のマリアンヌを思い浮かべていた。七人の子を産み育てた、気風《きっぷ》が良く、大きな身体を震わせて笑う中年の女。ほとんど女性と接点がない二人は、それぐらいしか思い浮かばなかっただけだが。

『まさか子連れで来るんじゃないだろうな』

エドウィンもバードも同じことを想像したが、声に出せばその通りになりそうで、二人ともその考えは頭の片隅に置いておくだけにした。

収穫の時期が過ぎても客は現れず、「もう逃げ出したのだろう」とエドウィンは胸を撫で下ろし、バードは迎えの準備をいつまで続けなければならないのかと落ち込み始めた時、アイナはやって来たのだ。

ノックへの返事がいかに遅く感じられることか。主《あるじ》の声がした瞬間にバードは扉を強く押した。

「アイナ様をお部屋へご案内いたしました」

「あ？　……帰らなかったのか？」

振り返ってエドウィンが眉根を寄せる。

「はい。お食事もご一緒にとのことです」

そう告げれば、彼は眉間の皺もそのままに何度も目を瞬《またた》かせた。確かに驚くべきことだ。

「どんな時でも女性を喜ばせるのは男の務めですぞ。頑張ってください」

エドウィンは、なにか不気味なものでも見るかのような視線をバードに送った。

「まずは花でも贈りますか？　女性はお好きですからね」

「こんな時期に花なんて咲いてないだろ！」

エドウィンが目を丸くして叫ぶ。そして溜息をついた。

「バード、お前は楽しそうだな」

「おや、エドウィン様は楽しくないのですか？」

そう聞き返しながら感情の読めない笑顔を浮かべるバードを見て、エドウィンは心底呆れたように言った。

「楽しいはずないだろ。どうせすぐに帰ると言い出すぞ」

「……さて、それはどうでしょうかねぇ？」

あの様子から見るに、アイナは怯《おび》えて逃げ出すタイプではなさそうだ。

なんという物好きな、そして、若さの溢れる美しい娘――

「とりあえず、私《わたくし》めは夕食の準備をして参ります」

まったく素直ではない主の部屋をさっさと退出し、バードは足取りも軽く台所へ向かった。

アイナの住んでいた王都では、エドウィンは『トカゲの王子様』と呼ばれていた。

「トカゲが服を着ているんだってさー」と、子どもたちは話していたし、アイナだって似たようなものしか想像できなかった。そんなところに嫁に行く、と返事をした自分はかなりのお馬鹿さんだが、さすがに繁栄を誇る強大な国の王子が、デップリとした身体と尖《とが》った瞳孔《どうこう》を持つトカゲそのものだとは思っていなかったのだ。

そもそも現国王と元王妃は美男美女と評判だったわけで、れっきとした人間だ。であるからには生まれてくる者も人間だろう。街の大人たちが話す、王妃が愛人の子を身籠《みごも》ってしまい、そのことがばれたため王の怒りを買い幽閉された、という説の方がまだ信用できた。

でも、子どもたちが言っていた『トカゲの王子様』の方が当たっているじゃない、と初めての夕食の席で向かいに座った男を見てアイナは思う。

改めて近くで見ると、エドウィンは整った顔立ちをしていた。サラサラと流れる黒い髪は、同じく黒い瞳と良く似合う。さすが王子様だ。辺境の地で引き籠っていてもそういうものなのね、とアイナは変なところで納得した。しかし、左の頬から首にかけて赤みのある橙色《だいだいいろ》をした鱗《うろこ》の皮膚が続いているのも見えて、さすがに怖くてじっくりと眺めることができない。

エドウィンの方は不機嫌というわけでもなく、面白そうにアイナを見ていた。

料理は通いでマリアンヌという街の女性が朝だけやってきて、仕込むのだという。

彼女の料理はシンプルながらも外れがないというのが城の住人の評価で、今日の「鳥肉と根野菜のポトフ」はアイナも十分に同意できる。サラダとして出された野菜も新鮮だ。

「おいしい」

素直にそう言ったら、エドウィンが小さくだが笑った。

「本当においしいですよ？」

「それは当然だな」

今度は少し意地悪そうな笑顔だと感じる。バードも嬉しそうに声を掛けてきた。

「こちらの野菜はエドウィン様が庭で育てたものですので、採れたてなのですよ。お気に召していただいてようございました」

王子自身が農業をするのか、と驚いてエドウィンを見ていると、さらにバードが続ける。

「この城は庭だけはとても広いのですよ。エドウィン様が育てた花や木はとても素晴らしいです。残念ながら今は冬ですから、ほとんど花は咲いておりませんがね」

どうやらこの王子の趣味は園芸らしい。ただ一人で庭をすべて手入れできるわけではなく、定期的に庭師もやってくるのだという。北の地エドナはこれから本格的な冬に入る。そうなると庭も雪に埋もれてしまうらしい。積もる雪を見たことがないアイナにとっては、それは本の中だけの憧れの景色だった。

「雪だらけの世界なら、もうすぐ嫌でも見られると思うけど」

「エドウィン様は雪がお好きではないのですか？」

「最初は良いけど、そのうち見飽きるからなぁ。雪に押し潰されないように庭木の保護をするのが大変だし」

そういうものなのか、とアイナは首を傾げる。なんだかもったいない。

「でもやっぱり、雪に埋もれる景色は見てみたいですけど」

そう答えたら、エドウィンが驚いたように顔を上げてアイナを見て目を瞬《またた》いた。バードの方は片眉を上げて、「早く見られるといいですねぇ」と笑う。

そして冬の植物はどうだの、野菜の出来がどうだのと話が続き、夕食はお開きとなった。

食事の後片付けを手伝うと言ったアイナとバードの間で少し揉めたけれど、結局、明日から時間に余裕があれば二人で一緒にやるという折衷案《せっちゅうあん》で決着した。客だからといってなにもしないわけにはいかないと思ったのだ。

「今日はお疲れでしょうから」とバードに追いやられ、宛《あて》がわれた部屋へ行く。

寝転べば、大量のクッションが置かれた天蓋付きの柔らかいベッドが気持ち良い。

エドウィンと話すことは緊張したのだ。仮にも彼は王族だ。でもエドウィンは、わざとなのか辺境育ちのせいなのか、砕けた口調でアイナに話しかけてくれた。玄関で彼の手を見た時は恐ろしいとも思ったが、食事の時に彼は左手を見せず、正直ほっとした。じろじろ見られることが嫌だったのかもしれないが、そういう感情は人間だからこそ持つものだ。

結婚はしなくて済みそうだし、エドウィンは悪い人ではなさそうだ。園芸に精を出す王子様というのはあまり聞いたことがないけれど、あの人とだったら友人になれるかも、とアイナはふふっと笑う。そしてベッドに沈む自分を感じて、アイナは旅の疲れから一気に眠り込んでいった。

3　城の心得《こころえ》

翌日、アイナは慌てて起きた。ベッドの中があまりにも心地良かったので、起きるのが遅くなってしまった。急いで身支度をして台所へ向かい、息を整えてそっと扉の中を覗《のぞ》く。

そこには亜麻色の髪を後ろで結わえた、大柄な中年の女性がいた。彼女は、ちょうど持ってきた籠《かご》をどさりと台所脇の机の上に置くところだった。

「あ、あの。マリアンヌさん、おはようございます」

アイナは少しだけ緊張しながら後ろから声を掛けた。驚いて振り返ったマリアンヌのくりっとした丸い目がアイナを捉える。

「……あなたが花嫁さんかい？」

そう聞かれて、慌てて名前と、花嫁ではなく客人であることを伝える。すると彼女はアイナの顔をしげしげと眺めて、それからゲラゲラと腹を抱えて笑い始めた。

なにごとかとアイナは不安になったが、マリアンヌは笑いすぎて目に涙すら浮かべている。

「こんなに綺麗なお嬢さんがこの城に来るなんて思わなかったんだ。エドウィン様もさぞかし驚いただろうねぇ」

そう言うやいなや、マリアンヌはプッと吹き出し、またヒーヒーと身体をくの字に折り曲げて笑い始めた。どうやら彼女は笑い上戸らしい。グビリと水をあおって落ち着いたマリアンヌに、ようやくアイナは食事の礼を言うことができた。

するとと、マリアンヌは目を輝かせて嬉しそうに微笑む。

「張り合いがないんだよ。エドウィン様もバード様も味は二の次みたいで」

「え？　二人とも料理を自慢していたけど？」

アイナは首を傾げた。ただ、あの二人の男が料理を褒める姿は確かに想像しにくい。

そしてマリアンヌは、一緒に朝食の準備をするアイナにこの城での心得《こころえ》を教えてくれた。

「エドウィン様はお育ちがアレなので王子様扱いしなくて大丈夫よ。傅《かしず》かれるタマかい」

彼女はアイナに向けてニヤリと笑う。

ルシュターナ王国の第二王子なんて惨めなもんだ、とマリアンヌは言った。あの姿のために、生まれてからすぐに母である王妃とともにエドナの城に幽閉されて、王子として与えられるものはなにもなかったらしい。

「でもあの髪と顔立ちだけは、王妃様そのものだねぇ」

そうつぶやきながら、マリアンヌは昔を思い出すかのように遠くを見つめていた。

朝食の席で、マリアンヌ特製のオムレツを口に入れたアイナはにへらと相好《そうごう》を崩す。シンプルながらも絶妙な塩加減でとてもおいしいのだ。

「……面白い顔してる」

向かいに座るエドウィンが、真面目な顔で言う。その失礼な言い方に、アイナは喉を詰まらせた。だが、真剣な顔をする彼がなんだかおかしくて、吹き出しそうになる。

「うまそうに食べるんだな」

「エドウィン様はおいしくないのですか？　おいしいですよねっ？　ねっ！」

アイナが首を傾げながらにっこりと、だが無理やりに答えを誘導すると、エドウィンはわずかに呆れたように、「……ああ」と頷いた。王妃様そのものとは、こういう綺麗な顔立ちで人を小馬鹿にしたような表情をすることなのかしら？　とアイナは目を瞬《またた》く。今度は王妃の性格についてマリアンヌに聞いてみようと思った。

食後の紅茶が出てくると、「さて」とエドウィンが切り出してきた。

「この城にも決まり事があるので、すまないけど守って欲しい」

そばにはバードも控えて、にこやかにアイナを見つめている。

変わった主の言う決まり事とやらに若干不安になったものの、この城で世話になるからには従いますとも、とアイナは素直に頷いた。

「まず、君がどこに行こうと自由だ」

「は？　……はい」

思わぬ初めの一言でなんだか拍子抜けした。

「ただし、門の外には王宮から派遣されている門番がいる。だから君も気をつけて」

「気をつける？」

「そう。俺はこの城の敷地から出ることはできない。王は、生活の保障と引き替えに王妃とその息子に軟禁を命じたんだよ。門番はそれを見張るためのクソ犬どもだ」

およそ王子らしからぬ言葉遣いだ。これならばマリアンヌが苦笑いするのも頷ける。

「えーと、城から出たらどうなるのです？」

「身分の剥奪《はくだつ》と城の没収でございますよ」

バードが代わりにしれっと答えた。

「身分はどうでも良いけど、住むところは欲しいよなぁ」

エドウィンは笑って言う。

「城の没収って、重すぎじゃないですか？」

思わずアイナは眉を寄せた。城の敷地から一歩でも出ると住むところが無くなるなんて、やけに不利な条件だと思う。

「まあねぇ。でもこんな身体だからね。形だけの王子だし？」

相変わらずへらりと笑う彼に、アイナも何も言えない。

もし、エドウィンが外に出たら——人々はどういう反応をするだろう。彼に刺さるのは好奇の視線か、恐れの言葉か。

自分が王都で過ごしていた間のことを思い出した。人の目を避けて家に閉じ籠っていた時は、息苦しくもあったが家族がいてくれた。

エドナ城はエドウィンにとって檻《おり》だが、同時に彼を守る外壁だ。そこから出なければ傷つくことはない。ここは、生きていくためには必要な場所なのだ。

「バードさんも城からは出られないのですか？」

「いえ、私は問題ありません。ただ、王都には足を踏み入れてはならないと言われていますがね」

この人も謎だな、とアイナは最後の紅茶を飲みながらバードにちらりと視線を投げた。

すっとエドウィンが立ち上がる。

これで話は終わったのかと小首を傾げたアイナだったが、彼の方はまだ用があったらしく、座っているアイナのもとへやってきた。エドウィンを仰ぎ見る格好となり、思わず身体がのけぞる。

「俺はこの城の敷地から出られない――」

ニヤリと彼は笑った。その顔にとても嫌な予感がする。

「……ってことになっているから」

腰をかがめたエドウィンの瞳が、アイナの目と同じ高さにきた。

「たまに抜け出していたとしても、言わないよね？」

「はぁ？」

目を丸くして動けなくなるアイナの頭を、エドウィンはにっこり笑ってぐりぐりと撫でる。

「これで共犯な」

あ、巻き込まれた。アイナの顎が外れそうになる。

「それじゃ、出掛けてくる」

右手をひらひらと振り、エドウィンはそのまま食堂から出て行ってしまった。

絶句しているアイナに、バードがすまなそうに声を掛ける。

「本当にたまになんですよ。こっそり裏の森に出掛けられるのです」

「だ、大丈夫なんですかそれって！　門番にもし知られたら！」

「まれに王宮の使者が調べに来ることもありますが……」

「ええええ!?」

バードはきっちりと腰を折って礼をする。

「その時はご覚悟を願います」

……この執事は腹黒い！

アイナは盛大に溜息をついてテーブルに突っ伏した。


その日、エドウィンは夕方になる前にはすでに城に戻っていたらしい。

二人が向かい合って座る目の前には、昨日と同じくおいしそうな夕食が並んでいた。エドウィンは城を抜け出している時の話は一切しなかった。アイナもぶらぶらと庭を散策しただけだったので、特に報告するようなこともない。静かな食事も息苦しいので、アイナの方から声を掛けた。

「ええっと、エドウィン様はおいくつなんですか？」

「二十六だ」

「お若いのですね」

エドウィンに微妙な顔をされた。もっと年上かと思っていたのだ。見た目からそう思ったのではなく、男性の結婚適齢期をとうに超えているから、今回の無茶な結婚話が出たのだろうかと想像していた。

「失礼な奴だな。君の歳は？」

たしかに今の発言は「老けて見えます」と取られかねないな、と申し訳なく思いつつアイナは答える。

「二十二歳です」

「……その歳で結婚歴が二回もあるのか」

これにはアイナも言葉を詰まらせたが、ここでさらに追い打ちをかけられた。

「どうして別れたんだ？」

言われた瞬間、口に入れた料理の味がしなくなった。

聞かれることは覚悟していたつもりだ。だが、なんの屈託もなく聞かれるとは思わなかった。

「食事の時にお話しするような内容ではありませんが……」と、話したくないことを匂わせるが、エドウィンはそれに気づく様子はない。アイナは気が重くなったが、いずれ分かることだと思い、諦めて言葉を続けた。

「二人とも早くに亡くなったので」

ふーん、とばかりにエドウィンは一拍置いて、少し目を細める。

「どうやって亡くなった？」

とたんに今度は口に入れた料理が砂を噛んでいるように感じられて、呑み込めなくなった。そのままフォークをゆっくりテーブルの上に置く。食事の際の会話なので言葉を慎重に選びたかった。

「一番目の夫は、結婚式を挙げたその日のうちに、別れられなかった女の人に殺されてしまって。それで私はあっさり実家に帰されました」

最初の結婚は十七歳の時だった。

相手は裕福な家だったから華やかな結婚式を挙げることができた。アイナの両親はそれはそれは喜んだ。家の繋がりができるわけだから将来は安泰だ。だが、初夜に夫は寝室へやってこなかった。アイナはこれから行われるであろう夫婦となるための『儀式』に不安に駆られながらも、ベッドの上で彼を待っていたというのに。

新婚の夫は愛人の女に詰め寄られ、アイナのいる寝室から近いところで殺されたのだ。

その二年後、両親はまた家にとって好条件の結婚相手を探してきた。

「そして二度目の結婚をすることになりました。相手は侯爵家でしたから両親は喜びました」

相手は四十歳を過ぎていた侯爵だった。侯爵にとっては何番目かの妻ではあったけれど。結婚初日で出戻りとなった身を考えれば、良い条件と言えるのだろうとアイナは思ったが、すぐに後悔と恐怖に襲われることとなった。

「でもあの人は……怖い人で……」

ここまで言うと、なぜか言葉が出なくなった。体温が一気に下がる感覚がして、目の前が真っ暗になる。

「おい！」

不意に大きな声が聞こえ、びくりと身体を震わせたアイナは、自分がしばらくの間呆然としていたことにようやく気づいた。ぼやけた視線の先にエドウィンが見え、声の主が彼だったことを理解する。

「……すまなかったな」

なぜかエドウィンは謝り、そのまま席を立って食堂を出て行ってしまった。静かに扉が閉まる。

「だから言いたくなかったのに」

目だけで彼を見送ったアイナは、しばらくしてつぶやいた。

夕食の片付けをしている途中、隣で皿を拭くバードはちらちらとアイナの方を見ていた。

先ほどの夕食でのアイナの様子は確かに普通ではなかったので、気を使ってくれているのだろう。

わざとらしく、「ふう」と息をついてバードが口を開いた。

「アイナ様、二番目のご結婚相手の名前を教えていただけませんか？」

「うあ!?」

思わぬ聞き方に、アイナは変な声を出してバードの方を向いた。

「笑顔が怖いですよ、アイナ様」

バードがにっこりと笑みを浮かべて注意する。アイナは動揺を悟られないように、表情を消してバードを見上げた。そして、「アルク・オルタナ侯爵でした」と答える。

「やっぱりですか」

何気ない口調で話すバードに、今度はアイナが驚いた。

「知っているのですか！」

「王宮では評判の悪い一族です。……色々と」

アイナの肩がびくっと跳ね上がって震える。彼の顔が見られなくなって下を向いた。

バードはアイナに向けていた顔を正面の皿へと戻し、ゆっくりと口を開いた。

「私はエドウィン様のお母様にずっと仕えておりました。王宮にいる時からですね。エドウィン様がお生まれになり、あのお姿であったことで、王は王妃様をひどく責めました」

バードの言葉の中に国王への怒りが感じられるのは、王妃のことを思ってのことだろうか。

「その時にオルタナ侯爵が、――ああ、その時は先代のオルタナ侯爵ですが……王妃様と離縁したら自分に下賜《かし》してくれと」

アイナがはっと顔を上げた。

「……王もオルタナ侯爵の悪行は知っていましたからね。情はあったのでしょうか、離縁はせずにそのままエドウィン様と王妃様をこのエドナに送ったのです」

昔話ですよ、とバードは微笑んで、近くの椅子にアイナを座らせた。アイナは眉を落としながら、それでも笑おうとした。

「毎日が怖くて、あの人が亡くなったと知った時は……私、本当にほっとして嬉しくて……」

それは他人に言ってはいけない感情だったのかもしれない。

重苦しい言葉が吐き出される中で、バードは努めて平静な口調を保った。

「あなたのせいではないのですよ。辛いことを思い出させてしまいましたね」

その瞬間、アイナの顔はくしゃくしゃになった。声を上げて泣きたくなくて、そんな醜態は見せられないとアイナは必死に耐える。バードも何も言わずにただアイナを見守っていた。

長い沈黙が続き、ようやく気持ちが落ち着いて、アイナはそっと溜息をつく。

バードはそれを合図にしたかのように、紅茶を入れたカップを渡してくれた。その気遣いに嬉しくなって、両手でそれを包み込む。そしてふとバードを見上げた。

「あの、このことはエドウィン様には言わないでくださいね」

「おや、なぜですか？」

不思議そうにバードが首を傾げる。その理由を分かっていてわざと聞いているのだろう。

「……聞いても仕方のない話だと思いますし。それに、また謝られるのも嫌なので」

「すみませんねぇ、あのかたにデリカシーが無くて」

「私、エドウィン様とお友達になれるかなと思うんです。お客様でいる必要もないと思いますし」

それは男には酷なセリフなんですけれどねぇ、と小さくつぶやくバードの声が聞こえた。

紅茶を飲み終わり部屋へ戻るアイナを見送り、バードは奥にある勝手口に視線を投げて声を掛けた。

「……だ、そうですよ」

勝手口の扉の後ろから、黒い影が出てきて非難がましく声を出す。

「誰がデリカシーが無い、だ」

「そりゃ盗み聞きするような人は言われても仕方ありませんねぇ。いけません」

「別に、そんなつもりじゃなかった……」

実際そうなのだろう、バードはニコリと笑った。

「私はアイナ様と約束しましたからね。エドウィン様には内緒なのです」

「……分かってるよ」

憮然としているエドウィンに、「お休みなさいませ」と言ってバードは台所を後にした。

4　夜の誓い

アイナにとってはもう二度と思い出したくないことだ。

二度目の結婚で、アイナの身体には初夜にして生傷がいくつもできることとなった。初めてのベッドの上では気絶することも許されなかった。気絶すれば水を掛けられるか殴られるかで無理やり起こされた。アイナが破瓜《はか》し、血と侯爵の体液が混じりあう。それが彼女の内腿を伝い流れるのを見て侯爵の嗜好《しこう》に火が付いた。アイナの首を締めながら、じわりと下半身を打ち付ける。優しさなどまるでない行為が続き、口の中に自分の血の味が広がったりもした。

それから毎日、アイナにとっては恐怖でしかない夜が続いた。

しかし五日目の夜、侯爵はいつものようにアイナに圧《の》し掛かっていて、行為の途中そのまま息絶えた。それが腹上死というものであることも、侯爵のあまりにも質《たち》の悪い性癖が、ある筋では有名であることも、葬儀の後に屋敷を追い出されてからアイナは知った。

妻という立場などなにもなかったものにされ、侯爵の何番目かの妻やら子やらが出てきたようだが、アイナはもう関わりたくないと耳も目も塞いでやり過ごしてきた。

それからしばらくの間、アイナの心は死んだも同然の状態だった。ようやく自分が笑えるようになったことを実感できたのは、身体の傷も癒えて三か月ほど経ってからだった。

昔のことだ、と一言で片づけるには、まだアイナには時間が足りない気がした。そして過去に引きずられたままの自分がなんだか情けない。バードに、「あなたは悪くない」と言われたことは、アイナにとって思ってもいない救いだったけれど、同時にこうやって悪夢を思い出すことは、やはりしんどかった。

ベッドの上に倒れ込んで鬱々《うつうつ》と考えてしまって、結局眠れたのは明け方になってからだ。

朝食に出てこなかったアイナを心配して部屋にバードがやってきたが、扉を開けたアイナの顔を見た彼は、「ひっ」と小さく息を呑んだ。

失礼な人だな、とむくれつつも、確かに今の自分は酷い顔をしているとアイナは思う。

食事はいつでも用意してありますよ、とバードは言い残して退出していった。

窓の外はとっくに明るくなっていて、それがアイナをほっとさせる。

これなら眠れるだろうと再びベッドにもぐって目を瞑《つむ》り、次に目を覚ました時には、昼はとうに過ぎていた。

のろのろとベッドから這い出し、身支度を整えて食堂へ向かった。

そこにはエドウィンもバードもいない。湯を沸かして茶を淹《い》れ、パンと一緒に胃に流し込む。

窓からは明るい光が優しく差し込んでいるが、誰の気配もない無音の部屋が寂しかった。

今日はこれからをどう過ごせば良いのかと迷ったが、とりあえず庭に出てみることにした。

玄関を出て庭へ回ると、冬の木々は葉を落としたものが多く、ただセピア色の景色が広がっていた。木によっては添え木をされたり、筵《むしろ》を巻かれたりしていて、これもエドウィンがやったのだろうかとぼんやり考えた。濃い緑色の葉を付けた低木もあり、そのうちのいくつかは赤い花をつけていて、これが山茶花《さざんか》という名前であることを思い出す。

そうやってただ庭木を眺めていると、ドタドタと後ろから足音が近づいてきて、アイナは身構えた。

昨日の会話のこともありエドウィンとは顔を合わせたくないのだが、同じ敷地にいればどうやっても会ってしまうものなのだろう。逃げ場はないと覚悟して、足音のする方を振り返った。

するとそこには赤みがかった栗色の髪の、背の高い男が立っていた。体格も良い。エドウィンは細く見えるが、この男は屈強という言葉がぴったりだ。

「誰だ、あんた」

自分の言いたいセリフを相手に取られてしまった。思わずアイナもぽかんと口を開ける。

「……ああ、そうか」

しばらく呆然と顔を見合わせていた二人だが、男の方が先に口を開いた。

「エドの……花嫁さん？」

男は面白そうに口の端を上げる。エドウィンを愛称で呼ぶからには、彼とは仲が良いのだろう。目の前の女が花嫁ではないことを知っている様子で、わざとらしく言う。

ムッとしながらも淑女の礼をしてアイナは名を告げた。だが目の前の男はそんな礼をするアイナにびっくりしたようで、急に挙動不審になった。

「あ、っと……あんた貴族の娘さんなんだよな」

「え？」

「俺、身分の高い人には縁がないから、こういう時の礼とか知らなくてよ」

身分の高い人って……とアイナは呆れる。じゃあエドウィンはどうなるのだ。彼はこの国の第二王子だろうに。本来ならアイナだってエドウィンと口をきけるような立場ではないのだ。

「それなら、エドウィン様はどうなるのです？」

不思議に思って聞くアイナに、男は即答する。

「あいつは別だな」

「はぁ……」

「こんなところにいりゃ、王子様とか関係なくね？」

この男の判断基準がいまいち分からなかったが、言いたいことは何となく通じた。

「それを言うなら私もそうですね」

アイナの返答に、今度は男が大笑いする。

「あんたも貴族らしくないんだなぁ。あ、そうだった。俺の名はデュース」

名乗るのを忘れていたと苦笑いしながら、さらに庭師だと付け足してアイナに握手を求めた。

デュースはケラケラと笑いながら、後からやってきたホルスという名の年配の男を紹介した。

デュースの笑いっぷりにアイナは首を傾げながらも、ホルスにも挨拶をする。

「じいちゃん、この人がエドの嫁さんだとよ」

デュースの祖父であり、庭師の師匠でもあるというホルスの灰色の目が大きく見開かれ、アイナの手を取って「そうですか、そうですか」とにこやかに笑う。落ち着いた声が耳に優しい。皺のある手で撫でられてアイナは少し照れた。

「気をつけた方がいいぞ」

背後から知った声が聞こえてきて、今度こそ、今日は会いたくないと思った人物がやってきた。

「エドウィン様」

アイナは気まずい気分のまま、彼の名を呼んで振り向いた。

「ホルスは稀代の女たらしだからな」

そんな失礼な言い方をするなんて、と思いホルスを見ると、彼はニヤッと笑ってアイナの甲に口づけた。びっくりするアイナの手を掴まえたまま、ホルスが口の端を上げてエドウィンを見る。

「人妻でなけりゃ口説くのは構わないだろ？　お若いの」

「……頼むからやめてくれ」

眉を吊り上げたエドウィンを見て、デュースがさらにゲラゲラと笑う。

「じいちゃんにはホントに気をつけた方が良いぜ」

デュースはそう言いながら、いまだアイナを掴んだままのホルスの手を外そうとしていたが、なかなかその手は解《ほど》けない。ホルスは高齢にもかかわらず、デュースにひけを取らないほどの力と技があるようだ。

アイナが困惑していると、急にホルスの背が伸びた。

「あれ？」と不思議に思っていると、エドウィンのトカゲの左手がホルスの服の襟をつまんで、高く持ち上げていた。ホルスの足が地面から浮く。それにつられてホルスの手がアイナから離れると、今度はすとんと彼を地面に降ろした。

「ほら、冬囲いが間に合わないぞ」

なにごともなかったかのように、エドウィンがホルスを連れて庭の奥へ歩いていく。

「エドも面白いよな」

デュースはこっそりアイナに耳打ちをして、それから二人の後を追って走って行った。

一人残されたアイナは、呆気に取られて三人を見送るしかなかった。

そんな庭師たちのおかげで、夕食の時間は会話が弾んだ。

昨日の気まずい雰囲気を引きずらずに済んでアイナはほっとしたが、エドウィンにとってもそれは同じだったようだ。今は庭木の冬支度で庭師たちは忙しい。筵《むしろ》を巻いたり添え木をすることで雪や寒さから植物を守るのだと、エドウィンは教えてくれた。

食後にブランデーの香りを付けた紅茶を飲む時も、庭師の話は尽きなかった。

デュースとは幼い頃からの遊び相手だと聞いて納得した。あんなに笑い合える友人がいるからこそ、エドウィンはこの閉ざされた城でも生きていけるのではないかとも思えた。

羨ましかった。

アイナには友人と呼べる者がいなくなっていたことに気づいたのだ。

幼い頃は、泥だらけになって一緒に駆け回る友人がいた。少し大きくなっても、内緒話をしたり一緒に笑い転げる女友達がいた。しかしアイナがさっさと嫁に行き、あっという間に二度も出戻った後には、もう気楽にお喋りできるような友人はいなくなっていたのだ。自分のことに精一杯で、周りに目を向ける余裕がなかったからかもしれない。

それはずいぶんと寂しい人生だな、とアイナは自分のことを考えた。


夕食の片付けの後、アイナは部屋に戻ろうと暗く寒い廊下を歩いていた。

「うにゃ！」

玄関前の床がなぜか盛り上がっていて、それに気づかず足を取られてしまった。

倒れかけた瞬間、強い力に引き寄せられ、なんとか踏み留《とど》まる。

暗い廊下のわずかな灯りに、トカゲの手だけがギラリと輝いて見えた。

「……ああ、エドウィン様」

彼の足につまずき転びそうになったところを、エドウィンが慌てて支えてくれたのだ。せめてもう少し分かりやすい場所で立っていてもらえないかしら、と都合の良いことを考えた。

「どうされたのですか？」

なんで彼はこんな時間に玄関にいるのだろう、とアイナは訝《いぶか》しんだ。

「出掛けてくる」

「ええ？」

エドウィンはまた城を抜け出す気らしい。さすがにそれはまずいのではないかと言おうとしたが、エドウィンはそれを察したようだ。

「夜には門番も来ないと思うけど。多分」

多分ってなんだ、多分って。アイナは溜息をついた。

「アイナは――」

突然右の耳元にエドウィンの声が聞こえ、アイナは思わず、「ふゃっ」と声を出す。

「なぜここへ来た？」

「こ、ここへって……」

彼の囁《ささや》くような声は、思いがけず優しくて、なぜか心臓が跳ねる。

「この城は修道院なんかじゃないぞ」

「え……」

「死ぬつもりでここに来たのか？」

瞬間、アイナは声の主を振り仰ぐ。エドウィンの顔の左側が見えたが、黒髪で隠れていて表情が見えない。尖《とが》った橙色《だいだいいろ》の皮膚がわずかに覗《のぞ》いていた。

「そ……んな、訳ない……」

視線は彼の横顔から外せない。自分の声が掠《かす》れているのが分かった。

「じゃあ笑ってろ」

「……はい？」

エドウィンの言葉に思わず疑問形で返事をしてしまった。

「君に泣かれると、どうすればいいのか分からない」

それは昨夜の夕食の時のアイナの様子を言っているのだろうか。泣いていたっけ？　いや、泣きそうな顔はしていたのかも。ふっ、とアイナの身体から力が抜けた。

なぜこの城に女が単身でやって来たのか、エドウィンには分かったのだろう。

本当は捨て鉢になっていたのだ。生きる術《すべ》が分からなくなっていた。

街の噂からも、人の目からも逃げるのに疲れていた。

それでも自分で死を選ぶわけでもなく、修道院へ向かうわけでもなく。

ただただ現状から逃げたくても、実家から出ることもせず。

だから化け物王子との婚姻話に乗ったのだ。

もしかしたら、化け物が自分を殺してくれるかもしれない。

この四肢を粉々にしてこの世から消してくれるかもしれない。

それを自分は望んでいたのだ、知らず知らずに。

なのに、エドウィンは礼儀を尽くしてアイナを客として迎えた。

たくさんの言葉を交わした。

嬉々としてこの城のことを語った。

彼を慕う友人がいた。

エドウィンは、自分なんかよりよっぽど人間らしく生きている。

そんな彼に、「殺してくれ」と望んでいたのだ。

化け物としてのエドウィンに殺されたいと。

それがどんなに彼を傷付けることなのか、今やっと気づいた。


ごめんなさい、という言葉は出てこなかった。それでは自分の気持ちを伝えるのに足りない気がしたのだ。

「あなたがそれを望むのなら――」

アイナは、ただその横顔を見つめたまま言葉を紡いだ。

「私は泣かないから」

エドウィンはその言葉に驚いてこちらに顔を向ける。

彼の漆黒の瞳がわずかな光を受けて輝いて見えた。それは高貴な宝石のようにきれいだとアイナは思う。目が合ったが、すぐにエドウィンは横を向き視線を外して俯《うつむ》いた。まるでアイナに見つめられることに怯《おび》えるかのように。

ここで謝罪の言葉を告げても、化け物としての彼に救いを求めていた事実は、この優しい人を傷付けてしまうだろう。だから――

アイナはつま先を立てて背伸びをする。

そして、エドウィンの左の頬に――鱗《うろこ》のある肌にそっとキスをした。

息を詰めた彼の気配が伝わってくる。

それはかすめるように触れるものでしかなかったけれど、アイナはこのキスに誓う。

この人を二度と傷付けはしないと。

5　鉤爪《かぎづめ》の持ち主

エドナに来てから十日目の朝が来た。柔らかい布団の中で目を瞑《つぶ》ったままもぞもぞと身体を動かして、起きようかどうしようかと思案する。

この数日で、アイナはまたいくつか城の日常を知った。

城の住人は閉じ籠った生活をしているが、たまに訪れる客は拒まないらしい。エドウィンの育てる薬草が目的らしく、客は薬草を受け取り、代金を払うとそそくさと帰っていく。

この城の敷地は広く、そのほとんどを庭が占めていた。薔薇園や薬草園だけでなく、さらに畑もある。アイナは庭を一周してみようかと思ったが、途中で思い直してやめた。城のある低い丘全体が敷地なのだ。歩くには広すぎる。敷地と外の世界を隔てるのは古く背の高いレンガ造りの壁で、そこから出ることができない人がいるのだという事実に溜息が出た。

エドウィンは外に出る時もいつも長いローブを身に纏《まと》っている。大きなトカゲの手や鱗の皮膚を隠したいのは分かるが、夏でもローブを着ているのだろうか。それは暑苦しそうだ。

そんなことをつらつらと考えながら、アイナは目を開けた。寒い季節は暖かいベッドが気持ち良くてなかなか抜け出せない。でも、そろそろマリアンヌが来る頃だ、と気合いを入れてようやく身体を起こした。

残念ながらマリアンヌはまだ姿を見せていなかったが、先に台所にやってきていたエドウィンに会った。

「おはようございます、エドウィン様」

挨拶をすると、「おはよう」と返してくれた。ついさっき庭から取ってきたと思われる蕪《かぶ》をどっさりと持っている。そしてそれを抱えているのは、あのトカゲの大きな手だ。

うわあ、と思わず心の中で声を上げる。橙色《だいだいいろ》の鱗に覆われた大きな恐ろしい手と、白くて小さな蕪の取り合わせってなんなのだろう。あまりにも不釣り合いに感じられて、まじまじと見てしまった。

「器用ですよねぇ……」

「……あ？」

ずれたことを言うアイナに、エドウィンは変な物を見たかのように引いた顔をした。

アイナにとって、エドウィンの左手はとにかく不思議なものだった。

大きな骨ばった甲、そこから出る鱗に覆われた五本の指とそれぞれに付く鉤爪《かぎづめ》。それが器用に動く。そしてその腕は、並みの男の数倍以上は力があるようだ。庭でのエドウィンは、いつもその左手で大人の男一人では決して持てないだろう異常な量の土や道具を担いでいた。窓からなにげなく見ていたアイナは思わず自分の目を疑ったぐらいだ。ホルスを持ちあげた時も楽々だった。

ただ、あの尖《とが》った鉤爪は、ちょっと——いやかなり怖い。

「蕪《かぶ》は洗っちゃいますから、貸してください」

手を伸ばして、エドウィンから蕪を取り上げようとした瞬間、彼が左手を勢いよく引いてアイナは肩透かしを食らった。

え？　と彼の顔を見ると、その表情は歪んでいる。

「あ……ごめんなさい」

思わず言葉を出したが、そのまま差し出していた自分の手を見て驚いた。わずかだが、人差し指の第二関節辺りに赤い線が見える。それが血だと分かるまで数秒かかった。

痛くはなかった。だからこそ皮膚が破れ血がじわじわと広がる様子が不思議で、小首を傾げた。

そのままエドウィンの方へ視線を移すと、彼はものすごい勢いでアイナから目を逸らす。それから、「すまない」と言ってテーブルに蕪を下ろし、逃げるようにアイナの脇をすり抜けて行った。

「え、ちょっと——」

アイナは慌ててエドウィンを引き留めようとしたが、すでに遠くに行ってしまった彼に声は届かない。ひとり置いてけぼりを食らって、しばらく呆然と指を眺める。それをくわえると血の味が口の中に広がった。おそらく、蕪を取り上げる時に鉤爪の一番尖った部分に触れてしまったのだろう。鋭利な爪だったので、皮膚が切れた時は痛みを感じなかった。

まったく大した怪我ではないのだ。包丁を握って料理する者にはありがちな程度の。だけど彼は、アイナの指にできたささやかな傷を見て、自分の方が鈍い切れ味の刃物で切りつけられたような顔をした。

手を触られるのが嫌だったから手を引いて。

アイナの指を切ってしまって、すまないと謝って、そして辛い顔をする。

だからアイナはイラッとした。

謝られたのはこれで二度目だ。それが逆にアイナ自身を責めているような気がしたのだ。

エドウィンに詫びさせるようなことをしているつもりなどない。

「……なんだか私が悪いみたいじゃない」

そうつぶやいた瞬間、勝手口の戸が開く音と共にマリアンヌが入ってきたのが見え、アイナの怒りはそこで中断された。

食堂ではバードが静かに給仕をしてくれる。

食事にはまだ手を付けていない。目の前には蕪のスープがあるが、もうそれも冷めていた。

テーブルの向かい側にも同じ皿が用意されているが、そこには主《あるじ》がいない。

アイナは自分でもイライラしているのが分かっていた。大体人間は空腹になるとイライラするものだが、アイナはその性質が顕著《けんちょ》な方だ。お腹が減った。

そんな彼女の様子にバードが気遣わしげに声を掛ける。

「先に召し上がってよろしいのですよ」

「……バードさん」

「はい？」

「部屋に閉じ籠っているのなら、呼んできてください」

「……来ますかねぇ？」

事情を知らないバードは困惑した表情を浮かべた。アイナは空いた席を見つめてぼそりとつぶやく。

「子どもじゃあるまいし」

「は？」

「呼んできてもらえますか？　お腹が減って倒れそうなので」

バードはしばらくアイナを眺めていたが、ニヤッと笑って「畏まりました」と頭を下げる。

「どのようなお話をして引っ張り出しましょうかねぇ？」

まるで鼻歌でも歌うようにバードは部屋から出て行った。

執事が消えてしばらくすると、バタバタと足音がして、エドウィンが慌てた様子で部屋に飛び込んできた。そのまますぐ食卓につく。

「食べよう食べよう今すぐ食べよう……」

アイナの真向かいに座ったエドウィンは、うわ言のようにつぶやいている。かなり顔色が悪い。

あまりの彼の変わり様にアイナが呆気に取られていると、バードが続いて食堂に入ってきた。

——バードさん、一体どうしたらこうなるのですか……

この執事の背後にどす黒いものが現れた気がしたが、アイナはあえて見なかったことにした。

「スープを温め直して参ります」

しれっと頭を下げ、皿を持ってバードは出て行った。

残された二人は、黙ってそれぞれの皿に載せられたパンに手を伸ばす。

「エドウィン様」

アイナは思い切って声を掛けた。エドウィンはパンをちぎる手を止め顔を上げたが、視線は変わらずアイナから逸らしている。

「私が怖いですか？」

「……いや」

「なら、私を怖がらないでください」

エドウィンは目を瞠《みは》り、今度こそ正面からアイナを捉えた。

「……アイナは——」

「私は怖くないです」

エドウィンの言葉を強く遮《さえぎ》る。

彼が恐れるのは、きっと自分の手が他者を傷付けることだけではない。

彼の持つ力に傷付いた人間が、怯《おび》えた目を向けてくることが怖かったのだ。

そんなエドウィンはあまりにも弱々しい。誰がそんな男を恐れるか。

「あなたは悪くない」

きっぱり言うと、エドウィンは更に目を見開いた。

「だから私に謝らないでください。まるで私は自分が責められている気分になります」

それだけ言って、アイナはバターとジャムをたっぷりと乗せると、わざとらしくパンに齧《かじ》りつく。

エドウィンは黙ったままアイナを見ていて、それに気づいた彼女はその淑女らしくない所作が恥ずかしくなって頬を染め下を向いた。

エドウィンもアイナから視線を外して、「ありがとう」と言った。

バードが改めてスープを運んできて給仕する。熱々の蕪《かぶ》のスープはアイナの自信作だ。味見をしたマリアンヌから合格点をもらったのだから大丈夫。さて、どうやって彼の口から、「おいしい」と言わせようか。

目の前に座る男を見遣って、アイナはにっこりと微笑んだ。

6　長い冬の始まり

エドナに来てから二十日が経った。空気は日に日に冷たくなり、耳が痛くなるぐらいキンと澄んでいく。朝はもう寒すぎてベッドから出るのが辛い。

そんなある日の朝、アイナは優しい声とともに身体を軽く揺さぶられた。シーツを頭まですっぽりと被っていたアイナはまだまどろんでいて、なにかを言おうにも、唸《うな》るような音しか出ない。

「起きて、アイナ」

その声の主がエドウィンだと分かった瞬間、パチッとアイナの目が開いた。

なんだなんだ、なんなのだ？

なぜ彼が部屋に居るの？　それとも自分の部屋じゃないのか？　ならここはどこ？

混乱しながら、アイナはまだ薄暗い部屋をぐるりと見渡した。

馴染みのカーテンの隙間から空が見え、そこから差し込むわずかな光を頼りに目を凝《こ》らせば、確かにここはエドナの城で自分に宛《あて》がわれた部屋だった。

じゃあなんで、この人が部屋に居るのだろう？

身体を起こしたものの呆然としているアイナを無視して、エドウィンは暖炉に薪《まき》をくべていた。

「はいはい起きて起きて」

「なんで……？」

ここに居るのか、という言葉を遮《さえぎ》ってエドウィンが答える。

「起こしに来た」

「……だから、なんで？」

頭の中は霞《かすみ》がかかっている状態で、ベッドに腰掛けたアイナは呻《うめ》いた。まだ眠い。

ふと自分の身体を見れば、当たり前だが寝間着姿だ。なにか羽織るものを、と慌てて立ち上がる。そこに荒っぽくコートが肩に掛けられた。アイナの部屋に吊るしてあったものを彼が持ってきたようだ。髪もそのまま、なんとかコートの袖を通して靴を履き、エドウィンに背中を押されて部屋を出た。すると、廊下の寒さで眠気も一瞬で消えた。今朝は特に気温が低いみたいだが、起きた時間がいつもより早いせいなのかもしれない。エドウィンに促されるままに玄関を出る。

「……！」

アイナは声を呑んだ。

目の前には白い平原が広がっている。それは遠くまでただひたすら続いていて、積もった雪は、薄暗いなかで青白く冴えた色をしていた。遠くの地平線には太陽の光がうっすらと見え始めていたが、逆の空はまだ暗かったので星が沈むところが見えた。

「雪の上を歩いてもいいですか？」

隣にいるエドウィンに声を掛ける。彼が何も言わずにふっと笑ったのを見て、アイナはそのまま雪の平原へそろりと一歩踏み出した。

雪はアイナの踝《くるぶし》が埋まるくらい深かった。たった一晩でこれだけ積もるものなのか、とアイナはひたすら感心する。そのまま数歩足を進めると、ザッザッと雪を踏みしめる音がした。しゃがんで雪に触れてみると、ひどく冷たくてザラザラとして湿っぽい。

両手で雪をかき集めて丸めると予想外に固い雪玉が出来たので、それを庭の遠くへ投げてみた。

「一度やってみたかったんです」

アイナはクスクス笑いながら、歩み寄ってきたエドウィンへ振り向いた。

「じゃ、あの塀の向こうまで投げてみろ」

エドウィンは玄関から一番近い塀を指す。

アイナはもうひとつ雪玉を作り、狙いを定めて思い切り投げつけるが、壁にはまったく届かず、手前の雪の中へズボッと消えていった。さらに雪玉を作って投げつけるが、それも同じことだった。

エドウィンも雪玉を作り投げるが、塀の一歩手前で落ちた。

「んー、こんなもんか……」

そうつぶやいて、もうひとつ雪玉を作る。そしてそれを今度はトカゲの左手で軽く放った。

雪玉は塀を軽々越し、あっという間に視界から消えていく。

アイナは目を丸くして雪玉の消えていった方向をしばらく見ていたが、エドウィンに向き直ると、ぷっと吹き出した。

「本気だとどれぐらい飛ぶのです？」

「街には届くかな」

「ええ!?」

「でも雪玉じゃ無理かもな」

何を投げたら届くのか？　底知れない力を秘めた左手ならば何でもあるような気がする。

いつのまにか空も明るくなり、雪は朝日を受けて白く輝いていた。それを眩《まぶ》しく見つめる。

「エドウィン様、ありがとうございます」

「え？」

「覚えていてくださったのですね。私、雪に埋もれる景色が見たいと言いましたもの」

「せっかくだからな。どうせ雪は片付けてしまうから、今しか見られない」

「……朝は早すぎでしたけどね」

「マリアンヌが来たら足跡を付けられてしまうだろ？」

ああ、そうか、とエドウィンが見せたかったものをアイナは改めて知る。

何者にも侵されていない、ただひたすら一面の銀世界。

今はエドウィンとアイナによって、やたらと跡が付けられてしまったけれど、この景色はきっと忘れられないな、とアイナは思う。

王都にいたら生涯見ることのない風景だろう。エドナに来て良かった。そして、エドウィンの優しい想いに触れられたことも。温かな気持ちがアイナの胸にゆっくり広がっていく。

「あんなに寝起きが悪いとは思わなかったけど」

「うなっ！」

ぽつりと言ったエドウィンに、抗議のつもりで声を上げたが、変な声になってしまった。

「結構長い時間、声を掛けてたんだけどねぇ」

ニヤリと意地悪そうに笑う彼に、寝間着姿だった自分を思い出し顔が熱くなる。

変なことはしなかったでしょうねぇ!?　と詰め寄ろうとしたが、ムキになればなるほど余計からかわれそうな気がして、アイナはぐっと思いとどまった。

うう〜、と睨みつけていると、門からマリアンヌがやってきたのが見えた。

彼女へ手を大きく振るアイナに、エドウィンが声を掛ける。

「朝食ができるまでひと眠りするから、今度はアイナが起こしに来てくれていいよ」

「行きませんっ！」

耳まで真っ赤になったアイナが叫ぶ。

それを見たエドウィンはふっと笑うと、あくびを噛み殺しながらそのまま城の中へ戻って行った。


美しい雪景色を見られたのは良かったけれど……とアイナは溜息をつく。

二人で雪の庭を眺めたあの日から、一週間が経っていた。

いつものように夕食の片付けを終えて部屋に引き揚げたものの、明日はどうやって過ごそうかと考えていた。外はひどく吹雪《ふぶ》いていて、これはしばらく続くだろうとバードは言っていたので、数日は外に出られないのだろう。城の中でできることを思いつく限り挙げてみたが、特になにかがあるわけでもない。

そしてふと、本を読みたいと思ったのだ。

実家にいた時はいつも本を読んでいた。今はあいにくと手元にないが、この城には本ぐらいあるのではないか？　幽閉の身とはいえ、エドウィンはこの国の王子だし、彼には相応の教養を感じる。引き籠っているのだから、きっとたくさん本を持っているに違いない。いや、そうに決まっている！

アイナはそう考えて、意気揚々と二階のエドウィンの部屋を訪ねた。

「本？」

扉を開けたまま考え込むようにアイナを眺めているエドウィンに、えーと、とアイナも小首を傾げる。そんなに変なことを聞いたのかしら？　と無表情なエドウィンを見上げた。

「あればなにか貸していただけませんか？　部屋で読みたいんです」

「いいよ、おいで。部屋の中は暗いから……はい」

そう言ってエドウィンが右手を差し出す。

ん？　とアイナは一瞬たじろいだが、戸惑いながらも手を繋ぐ。

そのまま手を引かれてエドウィンの部屋に入り、さらにその隣の部屋に入った。

そこは彼の寝室のようで、アイナの部屋のものよりもさらに大きなベッドがあり、その上に無造作に服が投げられていた。

見慣れない光景に心臓が跳ねた。落ち着けと言い聞かせる自分が情けない。幸いにもエドウィンはアイナの手を引っ張ったまま振り向きもせず、さらに奥にある扉へ進んでいった。

開けるとそこは薄暗く、ようやく目が慣れると柱らしきものがたくさん見えた。

「昼間なら陽が入るから見えやすいんだけど」

そう言って、アイナから手を離したエドウィンが燭台《しょくだい》に灯りをつけてくれる。

あっ、と思わず声を洩らした。

そこには天井まで届くほど高い本棚がいくつもあった。どの棚にも本がぎっしり入っているが、しまっているというより乱雑に詰めこまれた感じだ。馴染みのある、本特有の匂いがする。

まさしくここは図書室だった。

アイナは首を回して部屋の中を見渡す。部屋には大きな窓があり、そのそばには長椅子が置いてある。この椅子に寝そべりながら本を読んだらどんなに素敵だろう。宝物を見つけた子どものようにアイナは嬉しくなって、「すごい」と感嘆の声を上げた。

「本がそんなに好きなのか？」

アイナのはしゃぐ様子に、エドウィンは少し驚いたようだった。

「好きですよ？　家にいた時はよく読んでいましたし」

実家に閉じ籠っていた時は、本を読むことぐらいしか楽しみがなかったのだ。

「どんな本を読むんだ？」

「んー、そうですね。特に好みは決まっていないので、物語でも絵本でも、なんでも読みます」

顎に人差し指を当てて考えるアイナに、エドウィンが今度は困ったような顔をした。

「ここにあるのは植物の本ばかりだし、他は古い本しかないぞ」

確かに目の前の棚にある本は植物に関するものばかりで、かなりの量がある。彼の趣味も、ここまでくると立派な学問になるのではないだろうか。

それならば……とふと思いついて、アイナはエドウィンを見上げた。

「植物の図鑑を貸してもらえませんか？　絵がたくさん載っているものだといいのですけれど」

「それならたくさんあるが……」

そう言いながら、エドウィンが棚に手を突っ込んでいくつか本を引っ張り出す。どさりと床に落ちた本もあり、慌ててアイナは拾い上げて棚に戻した。彼の方は本が落ちたことなど気にも留めないようで、手に取った本をパラパラとめくっている。

「これなんかどうだ？　分かりやすいと思うけど」

エドウィンが二冊の図鑑をアイナに渡してくれた。

「これを見れば、庭にある植物の名前ぐらいは覚えられますか？」

そう尋ねるアイナを、エドウィンは不思議そうに眺めた。

「まあそうだね。名前を知りたいのか？」

「だって、知っていた方がエドウィン様とお話しできるようになるでしょう？　エドウィン様のこともっと分かるようになるかもしれませんし」

毎日の食事の時、エドウィンは花や木のことをよく話していた。知らない名前が出てくる度に、アイナは何度聞き返したことか。冬の嵐のせいで城に閉じ籠るしかない毎日を過ごしていると、春を待ち侘びるエドウィンの気持ちが伝わってくる。エドナの春は、きっと彼の目には鮮やかに映るのだろう。だから知りたいとアイナは思ったのだ。彼の自慢の庭が色付いていく様子を。それを見て喜ぶ彼の姿を。

そんな彼女の言葉に、呆気に取られていたエドウィンがふっと口元を緩める。

「雪が融《と》けたら名前は俺が教えてあげるよ。暖かくなったら庭で本も読めるし、テーブルを出してお茶もしよう。きっとアイナも喜ぶと思う」

まだ先の話だけどね、と言う彼はなぜか楽しそうだった。

礼を述べるアイナに、どういたしまして、とエドウィンが笑って返してくれる。

「本が好きなら、ここも自由に立ち入っていいよ。居心地は良いだろうし」

それは本当にありがたい申し出だ。でも、彼が寝ている時間に本が読みたくなったらどうすればいいだろう。手を引かれて通ってきた彼の寝室を思い出して、再び顔が熱を帯びる。

「ああ、この部屋なら廊下から入れるよ」

「え？　廊下？」

困惑するアイナを見ながらエドウィンが指差す方に、もうひとつ別の扉があった。

「……最初に教えてくれればいいじゃないですか！」

「アイナが俺の部屋を見たいんじゃないかと思ってね」

「……は？」

「まさか、夜に男の部屋へ突然訪ねてくるなんて、思わないよね」

意地の悪いことをさらりと言うエドウィンに、アイナは言葉を詰まらせるしかない。

これじゃあまるで、自分がはしたない女みたいだ。

口をパクパクさせる彼女に、エドウィンが戸惑ったような笑みを浮かべる。

「困らせるつもりはなかったんだが……」

そしてアイナの額にそっと唇を落とした。

「おやすみ、アイナ」

それだけ告げると、エドウィンは自分の寝室へと姿を消した。

一人ぼっちになった図書室で、アイナは頬に手を当ててみる。そこはひどく熱を持っていて、自分の顔が恥ずかしいくらい真っ赤になっていることを物語っていた。

そして彼が選んでくれた図鑑を抱えて、アイナは溜息をつきながら廊下への扉をくぐったのだった。

7　初めてのおつかい

アイナは悩みながらもペンを握っていた。

エドナへ来てからしばらく経ってはいるが、まだ一度も両親に手紙を出していなかった。

元気であることを伝えて早く安心させなければ、とは思っている。だが、「結婚する」と言って実家を出てきたのに、客人としてこの地に留《とど》まっている状況をどう説明すればいいのか。

かと言ってずっと手紙を出さないわけにもいかない。アイナはとりあえず、元気だということと、少しだけ変わっている城の住人たちに客として良くしてもらっているとだけ書いて封をした。

さっそく手紙を出そうとバードに尋ねると、手紙を出すのなら街に行く必要があると言う。

「マリアンヌに頼んでも良いのですが……」と言って、そこで彼はなにかを思いついたようだ。

「では、アイナ様、街までおつかいをお願いできますか？」

思わぬ依頼に一瞬驚いたが、初めてエドナの街に行けるのかと思うと、アイナは嬉しくなった。自分の買い物もできる。バードはそれを見越しておつかいを頼んでくれたのかもしれない。

「明日は雪も降らないでしょうし、マリアンヌと一緒に城を出れば大丈夫ですよ」

バードはにっこりと微笑んだ。


翌日。

朝食を済ませてコートを羽織ると、バードからおつかいの内容が書かれたメモとお金を渡された。

「荷物は多くなりますから、帰りは馬車が良いですね」

注文してある本や服の引き取りだという。メモの量からするとこれは大仕事かもしれない。

そこにエドウィンもやってきて、抱えている物をアイナに寄こした。

「はい、お小遣い」

どこからどう見てもそれはお金ではなく、細い木の根がぐるぐるに巻かれただけのものだ。付いている土がサラサラと床に落ちて、バードが顔をしかめる。

「これ、ガフの店に売ってきて。もらった代金はアイナにあげる」

「ガフの店？」

知らない名前を聞き返してもエドウィンは面白そうな顔をしただけで何も言わず、住所の書かれた紙をアイナに押しつけた。

これがいくらになるのか。鼻をくっつけて嗅いでみてもこの木の根の正体は分からなかった。

アイナがマリアンヌと一緒に城を出て門をくぐると、そこに門番がいた。

マリアンヌは涼しい顔で彼らへ声を掛けたが、アイナは少し緊張した。門番には気をつけて、と言ったエドウィンの言葉が頭に浮かんだからだ。

引き攣《つ》った笑顔を作りながら、「行ってきます」とだけ挨拶してマリアンヌを追いかける。

街へと続く緩やかな下り坂を、マリアンヌとのんびり話しながら歩く。城へ働きに出ているから七人の子どもを学校にやれるのだと彼女は言った。そして三番目の娘がもうすぐ結婚するらしい。年齢を聞くとアイナよりも二つ年下だった。

誰かを好きになって結婚して、その人の子を産むってどんな気持ちなのだろう。二度も結婚しているくせに、アイナにはそれを想像することすらできない。未熟な自分に落ち込んだが、そんなアイナをマリアンヌは慰める。

「ほんの少しだけ、顔を上げる勇気があれば良いんだろうね」

ま、それが難しいんだけどさ、と言ってマリアンヌはニマッと笑った。


エドナの街は大きくはないが、国境に近いため交通の要所として栄えている。ルシュターナと北隣の国の商品が盛んに取り引きされて、商業が成り立っていた。

両親への手紙を出し、店が立ち並ぶ通りから二本入ったところにあるマリアンヌの家に向かう。玄関で迎えてくれたのは彼女の四番目の娘、ジーナトクスだった。十四歳のジーナトクスは、肩のところで綺麗に切り揃えた亜麻色の髪の持ち主で、恥ずかしそうに微笑みながら、アイナのことを「お姉ちゃん」と呼んだ。

そこにマリアンヌの三男、十歳のミハエルが飛び出してきた。初めて会うアイナに興味津々な二人は、ぴったりとくっついている。

アイナはジーナトクスとミハエルを連れて、おつかいを済ませることになった。騒がしくしている子どもたちを預かれば、家事に追われるマリアンヌも少しは楽になるだろうとアイナは考えたからだ。

まずは、エドウィンに頼まれた変な木の根っこを売りに行くことにする。

ガフの店へはミハエルが案内してくれた。彼曰《いわ》く、『魔女の店』だそうだ。キラキラと目を輝かせて先導する少年の後ろで、「ただの薬屋なの」とジーナトクスがこっそり教えてくれる。

細い路地をいくつか通り抜けると、やっとそれらしい建物が見えてきた。

店構えは確かに魔女の店にふさわしい。いくつもの古い木がレンガ造りの外壁に絡み合って、建物の一部となっている。その軒先《のきさき》には、蛇が干からびたものや乾燥させた植物がぶら下がっていた。

しばらくその不思議な建物を眺めていると、ミハエルとジーナトクスがアイナを盾にして後ろから店の様子を窺《うかが》っていることに気づいた。

「ほら、入るわよ」と苦笑いしながら、怖がる二人の肩を抱いて中に入ると、外観とは違って整然と瓶や箱が並んだ小奇麗な店だった。

「いらっしゃい」

カウンターの中にいる背の低い老婆が声を掛けてきた。ミハエルが小さい声で、「魔女だ」と姉に言うと、老婆はそれを聞きつけてニヤリと笑った。

「それは秘密のことなんだよぅ？」

おどろおどろしい声で老婆が言うと、ミハエルは慌ててジーナトクスの後ろに隠れる。

長い白髪を後ろで三つ編みにしている老婆は、本物の魔女のように近寄りがたい雰囲気がある。しかし、子どもをからかって楽しんでいる様子を見ると、怖い人ではなさそうだ。

「これを売りたいのですが」

アイナはエドウィンから預かった木の根を老婆に差し出す。

「ほ。お前さんはこれがなんだか知ってるのかい？」

首を横に振ると、後ろでミハエルが、「木の根っこ」と声を上げた。

「残念。根っこではなくて茎さ」

見た目だけでは、それがどう違うのか良く分からない。

「お前さん、これはどこで手に入れた？」

「えーと、エドナ城のエドウィン様からの頼まれもので――」

ほおぉぉぉ、とアイナの言葉を遮《さえぎ》って老婆は目を見開く。

「あの坊主は元気そうだね」

「坊主？」

一瞬それが誰を示すのか分からず戸惑ったが、すぐにエドウィンのことだと思い当たる。

「ご存知なのですか？」

アイナが問うが老婆はそれには答えず、紙に色々書き込んでそれをアイナに押し付ける。

「これも仕入れたいんだ。あったら持って来いと伝えておくれ」

紙に目を落とすと、見たことのない名前がずらずらと書かれていた。これを持って来るのにアイナかバードが遣わされるのだな、ということだけは分かる。

そして老婆が金貨の入った皿を差し出した。

「こいつのお代だよ」

「……こんなに？」

「正当な価格だと思うけどね。不満かい？」

慌ててアイナはブンブンと首を横に振る。不満どころか、こんなにもらえて驚いてしまった。ジーナトクスとミハエルも、渡されたお金を見て目を丸くしている。とりあえず素直に金貨を受け取り、アイナは礼を言って店を出た。

そして軽く食事を取ろうとカフェに寄る。

パフェにがっつく弟を、姉が慣れた手付きで世話を焼く。そんな微笑ましい二人を眺めながら、アイナは先ほどのガフの店を思い出していた。あの謎の茎の名前を聞きそびれてしまったが、それのおかげで懐《ふところ》は暖かい。というか暖かすぎる。

エドウィンはお小遣いと言ったが、ドレスが数着買える程の額だ。高価なものだと知っていてアイナに渡したのか、それとも外の世界に疎いエドウィンだからなのか。

まあ、三人のおやつ代くらいもらっても悪くないわよね、とちらりと考える。

お腹を満たした後は、バードから頼まれた店へ向かう。なんとそこは気後れするような高級ブティックだった。

「お嬢様、こちらが先日オーダーいただいたものになります」

バードよりもさらに年配のロマンスグレーが服を箱から取り出す。出てくるローブは上質な生地で、その店構えにふさわしい代物だった。いくつもの大きな箱を渡され、慇懃《いんぎん》な店主の態度にアイナもジーナトクスも緊張しながら店を出た。ミハエルはどこ吹く風、といった様子だったが。


「さすがに荷物が多くてこれ以上は無理！」

手で運ぶことに限界を感じたアイナは、馬車を捕まえようと大通りへ向かった。

冬の日が暮れるのは早い。これから本屋に行ってジーナトクスとミハエルを家に送れば、城での夕食に間に合うはず、と頭の中で計画しながら箱馬車を停める。

買ったばかりの荷物を積み終えて前方を見ると、ジーナトクスがミハエルの手を引いてやってくるのが目に入り、二人へ大きく手を振った。

先に馬車へ乗ろうと足を掛けたその時、視界の端に御者が転げ落ちるのが見えた。

「へ？」

アイナが考える間も無く、いきなり馬が走りだした。前のめりになり馬車の中に転がり込む。

「お姉ちゃん！」

ジーナトクスの叫び声が聞こえたが、勢いよく走る馬車の中では答えることすらできない。

なんとか起き上がって客室の小窓から御者台を覗《のぞ》くと、男の後姿が見えた。どうやら一人だけのようだ。これは馬車の荷物を掠《かす》め取る泥棒だろうか。

馬車はどんどんスピードを上げると、アイナが乗る客室は何度も揺れて、舌を噛みそうになる。

ここから飛び降りる勇気はなかったし、荷物を取られるのは悔しい。どうすればいいのだろうと荷物を抱えて考えているうちに馬車が突然止まった。

おそるおそる窓を覗《のぞ》くと、そこは細く人通りのない道だった。ここで馬車を乗り捨てる気かと、身を固くしていたら勢いよく扉が開いた。赤毛の男が馬車に乗り込もうとして、そしてアイナを見てぴたりと動きを止める。

そうよねぇ……、とアイナは少しだけ彼に同情した。まさか客が乗ったままだなんて思いもしなかったのだろう。そしてアイナは、男が入ってきたのと反対の扉から荷物を抱えて飛び出した。

「待てっ！」

待てと言われて待つわけがない。男が追ってくる。

とにかくどこか人通りのあるところに！

アイナは必死に走ったが、荷物を持ったままでは速く走れるはずもない。

あっという間に男に追いつかれて間を詰められる。アイナは建物の壁に背を寄せた。

向かい合う形で男がじりじりと近づいてくる。

「ひっ」

息を呑み、男が伸ばす手に身構えた時。

ザッ！

風を切る音が聞こえて、思わずそちらへ目を向けた。アイナを追ってきた赤毛の男も振り返る。

男の足元近くに、ペティナイフが突き刺さっていた。

鈍く輝く刃の先は、深く地面にめり込んでいる。

男も、アイナも予想もしていない光景に息を凝《こ》らした瞬間。

ザクッ！　と耳障りな音と共に、またも男の足元へ何かが突き刺さる。

今度は大きい包丁だった。

アイナを追い詰めていた男は周りを見渡して、命の危険を感じたのか走って姿を消した。

身を固くして壁に張り付いていたアイナは、地面に刺さった、見覚えのあるナイフと包丁をまじまじと見つめて、そして飛んできたであろう方角に身体を向けた。顔を上げれば、エドナの城の屋根が彼方に見える。

「……まさか」

アイナはそれからしばらく立ち尽くしていた。


よろよろとおぼつかない足取りで馬車まで戻ると、ジーナトクスとミハエルが駆け寄ってくる。

二人に泣きつかれて、アイナは心底ほっとしたと同時に、彼らを危険な目に合わせてしまい申し訳なくなった。一緒に追ってきてくれた御者の男にも礼を言った。

「……って、本をまだ引き取ってない！」

慌てて、馬車で本屋に乗り付け、バードに頼まれていた本を詰めこむ。

二人をマリアンヌのもとへ送り届けた時にはすでに暗くなっていた。詫びと礼を言おうにもミハエルの冒険譚《ぼうけんたん》が始まってしまい、アイナはなかなか言い出せなかったが、「あたしはエドウィン様とバード様に怒られたくないんだから」と言うマリアンヌに無理やり馬車に押し込められた。ジーナトクスは、「絶対、お城に遊びに行くからね！」と一生懸命に手を振ってくれた。

エドナの城に着いた時にはアイナはげっそりと疲れて、それでもここまで送ってくれた御者にお礼の言葉とチップを弾んで大量の荷物を降ろしてもらった。御者の顔が引き攣《つ》っていたのは、アイナが人遣いの荒い疫病神《やくびょうがみ》だったからか、恐ろしい噂の城に来る羽目になったからか。おそらくはそのどちらも正解だろう。

ふと、載せてきた本の束に目を遣る。植物に関する本に紛れて、エドウィンが読むにしては珍しい物語のタイトルを見つけた。バードが頼んだのだろうか。

真新しいその本をしばらく眺めて、それからアイナはふふっと笑う。先日の図書室での会話を思い出したからだ。もしかしたらエドウィンがアイナのためにこの本を買ってくれたのかもしれない。あの雑多な本棚にこの本が並んでいるのを見つけたら彼に礼を言おう。アイナはそう心に決めた。

夕食の時間にはなんとか間にあったので、一息ついてエドウィンの部屋へと向かう。城の主《あるじ》は部屋に招き入れてくれた。

アイナはエドウィンの顔を少し見つめ、それから口を開いた。

「これ、謎の茎のお代です」

「なんだ、全部は使わなかったのか」

手渡された小さな袋を見て、エドウィンは言う。

「高価なものであることは知っていたのですね」

「あれは森でしか見たことないけど、解毒剤になると聞いたことがある。相手によっては高く売れるんだろうな」

「お小遣いにはもったいないです」

「森で採れたものだから、遠慮はいらないよ」

ガフの店でもらった紙も渡すと、それを見てエドウィンは目を細めた。

「ふぅん。これまた希少なものばっかりだね……。しばらくは小遣いに困らないな」

ガフの店の老婆は、一体どういう人なのだろう？　エドウィンを坊主と呼んでいたことも、高価な薬草のやり取りも謎だらけだ。

「それから、助けていただいてありがとうございます」

アイナは礼を言ったが、エドウィンは面白そうな顔をしただけで返事をしなかった。

「マリアンヌさんが困りますよ」

アイナは、鞄から出した二つの刃物を机に並べた。

「どうしてそれが俺だと？」

少しの間を置いてエドウィンが聞くと、アイナも今度は不敵に微笑んだ。

「だって、エドウィン様の左目が変わっていますもの」

彼の左の瞳を見た時に確信したのだ。彼の強い力がアイナを助けてくれたことを。

彼は薄く笑って、左目を手で押さえる。

「……そうか」

「私の姿が見えたのですか？」

「ああ、この左目で良く見えた。帰りが遅いからどうしたのだろうと屋根に登って街を眺めていたら、馬車から飛び出すアイナがいた」

「屋根？　……ありがとうございます。目は大丈夫ですか？」

「明日には元に戻るかな。大丈夫だよ」

そう言って手を外したエドウィンの左目は、いつもの漆黒ではなく金色に輝いていて、微笑むアイナを映していた。

8　王宮からの使者

今日もまた雪が積もった。エドナは、雪が積もっても数日で消えるがまた積もる。その繰り返しだった。三日前に王宮の印が入った封筒が届いてから、エドウィンとバードは急に慌ただしくなった。

「そんなことならその都度整理しておけばよろしいのですよ、エドウィン様」

「この貧乏な城に大した書類なんかないだろ！」

「サインはしているでしょう。それともまさか書類を読みもしないで？」

「なっ！　俺はちゃんと読んでるぞ。お前こそ管理しとけよ」

不毛な会話が飛び交うところにやってきたデュースは、「アイナちゃん、今日も大変だねぇ」と他人事のように言うとそそくさと逃げて行った。

王宮からの査察があるのだという。

貴族の不正や王宮内の揉め事を調べるのが主な仕事の彼らが、わざわざエドナの城にやってくる——それは、幽閉されているエドウィンが何か企てていやしないかと警戒しているからだろう、とバードは渋い顔をしながらアイナに教えてくれた。

「門の監視は当てにならない、と言っているようなもんだな」

エドウィンは吐き捨てるように言っていた。

そして今日もエドウィンとバードは閉じ籠って書類の整理をしている。

ピリピリとした雰囲気の中、何もせずに過ごすのが居たたまれなくなったアイナは、玄関前の雪ぐらいは掃除してしまおうと、箒《ほうき》を持って外に出た。意外に重労働な雪掃除を無心にやっていると、馬に乗った三人の男が門をくぐってやってきた。馬の荒い息遣いと蹄《ひづめ》の音が近づいてきて、玄関の前で止まる。雪掃除をするアイナに不躾《ぶしつけ》な視線を寄こす男たちを見て、これが査察の人たちかとアイナは察した。

「いらっしゃいませ」

とりあえず挨拶をすると、男たちは馬を下り、そのうちの一人——白髪の交じった黒髪の男が口を開いた。

「私はウル・ヴォルフガンド、こちらはアレン・ハリス、ガーランド・シュルツでございます。王宮の命により参りました。エドウィン・シーカー・ルシュターナ殿下に謁見の間にて御目通りいたしたく存じます」

「謁見の間？」

そんな部屋がこの城にあっただろうかと、思わず聞き返してしまった。

外の様子を聞きつけてやってきたバードが、苦笑いしながら「食堂ですよ」と小声で教えてくれる。

「どうぞ中へ。アイナ様は皆様をご案内いただけますか？　私は主《あるじ》を呼んで参りますので」

バードの言葉に頷くと、アイナは三人を城へ招き入れた。

あの食堂が「謁見の間」などという大層な場所だったなんて、初めて知った。生活感のある今の様子からは想像もつかない。

三人を食堂に案内すると、どうしたものかと迷ったが紅茶を淹《い》れて持っていくことにした。

エドウィンが来る気配は無い。書類の後片付けがまだ済まないようなら、少しでも場をもたせた方が得策だろう。適当に紅茶を振舞い、あとはご自由にとばかりにアイナは箒《ほうき》を持って再び外に出た。

玄関には男たちが乗って来た馬が繋がれている。三頭とも綺麗な栗毛だ。

王都にいる時もこの城でも、馬を飼ったことはなかった。この大きな動物に触ってもいいものか少しためらったが、好奇心に負け、一頭の大きな横腹に恐る恐る手を伸ばす。

そっと触れて少しずつ撫でていると、突然、ブルルルと馬が身震いしたので慌てて手を引く。

「そんなこわごわ触られても、馬も気持ち良くないだろ」

突然の声に振り返ると、王宮査察官のうちの一人がアイナのすぐ後ろに立っていた。いつの間に来たのかと驚く。

「ええと……シュルツ様？」

うろ覚えながら名前を呼ぶと男は微笑んだ。金髪と青い目を持つ、三人のうちで一番若い男だ。

「あんたがアイナ・ルーウェン嬢？」

問われて頷きつつ、自分が名乗っていなかったことを思い出した。それでもアイナの名を知っているのは、すでに調査済みということか。

「この城に滞在しているんだってね」

「王都に帰っても居場所がないので、こちらの御好意に甘えてしまって」

「それはあんたの噂があるから？」

そうですね、としれっと返事をしてやりたいところだが、軽く睨むに留めた。

そんなアイナの様子を見て、「じゃあ質問を変えようか」とシュルツは苦笑いする。

アイナはこの査察官を胡乱《うろん》な目で見た。他愛のないおしゃべりも情報収集の手段の一つなのだろう。何を知りたいのかは分からないが、黙って従うことにした。

「殿下はどのような人？」

エドウィンのことを尋ねられて、どう答えればよいのか思案する。

「ええと。お優しい方ですよ？　ちょっと変わっているかもしれませんが」

「変わっている？　どこが？」

「は？　ええと、園芸が趣味なところですとか……」

まさか、城を抜け出すのも好きみたいです、とは言えない。

「ふーん。他には？」

他と聞かれて、うーんとアイナは頭を捻《ひね》る。

「雪を見せてくれたりとか、図書室を貸してくれたりとか……ですかねぇ」

「……それは、変わっているって言うのか？」

変わっているのはそれに伴う前後の話で、とは言えず苦笑いする。

かなり間の抜けた答えだったのだろう。シュルツはなんだか困ったような顔をしていた。

アイナも気まずくなって視線を馬に向けた。

「馬に人参をあげてもいいですか？」

「人参？　どうぞ」

アイナの言葉にシュルツが片眉を上げた。

アイナはそのまま庭の手前にある菜園に行き、雪をかきわける。人参を三本引き抜くと、雪できれいに土を落として馬の前に持ってきた。

「この人参、雪の下で育つから甘いんですよ」

エドウィンの受け売りだが、馬はまるで知っているかのように人参を美味しそうに齧《かじ》っていた。

シュルツが呆れたような視線を向けてくる。

「あんたも随分変わっているんだな。貴族の娘が人参を掘ったりなんてしないだろう」

「そうですか？　ここでは普通ですよ」

王都の貴族の娘はそうかもしれないが、この城では当たり前のことだ。

「あんた、元は殿下と結婚するためにこっちに来たんだろう？」

「……当初の予定ではそうですね」

どんどんアイナの胸の奥に苦い物が広がってきて、声が硬くなる。

「結婚していなければなにか問題でも？」

アイナが聞き返すと、シュルツはニヤリと笑って、小馬鹿にするような視線を寄こした。

「もちろんだよ、ルーウェン嬢。独身の第二王子なんて、権力を欲しがる貴族たちにとっては名前だけでも価値がある。第二王子を丸め込んで、のし上がろうと考える奴らが増えてきているんだ。実際、エドナ城に勝手に娘を送りつけた貴族もいたようだしな。あんたの父親も同じように嫁がせたかったんだろ？」

そう言ってのけるシュルツを、アイナはキッと睨みつける。しかし父が下心を持って縁談を持ってきたのは本当のことだ。娘を愛する父親であったが、同時に家を守る必要があったのだから。

「それは、エドウィン様には関係の無いことです。他の貴族のかたも勝手にやったことでしょう？」

自分でもなんの説得力もない反論だと、言ってから気づく。

「そうか？　もしご結婚されて御子を授かったりなんかしたら、殿下の立場はますます悪くなると思うけどね」

もし、子がいたら――。エドウィンは王との契約でこの城から出ることはできないが、その子は契約に縛られていない。成人すれば国に反旗を翻《ひるがえ》すかもしれないし、血筋は正しいのだからと担ぎ出す貴族が出るかもしれない。

「だから形だけで良かったんだよ、この婚姻はね」

アイナはゆっくりと下を向いた。震える手をそっと握り締める。

王宮はアイナを送りつけて結婚させ、化け物に怯《おび》えて王都に逃げ帰ったところをすぐに離縁させるつもりだったのだ。二度も結婚に失敗した女ならば、三度目の傷が付いたところで誰も憐れまない。地位を欲しがる父親とその傷物の娘の存在は、王宮にとって好都合だったのだろう。

帰ってきたらすぐに離縁を成立させる。怯えるアイナの口から、「化け物王子に妻は不要」と言わせれば娘を送り込もうとする貴族たちを黙らせることができる。いかに不気味な容姿であるかを語らせれば、第二王子に近づこうとも思わなくなる。

なのにアイナは帰らなかった。客人としてのうのうとエドナ城にいる。

形だけだったはずの婚姻がどうなったのか、王宮は不安になったのだろう。だから、様子を見にこうやって王宮の査察官が派遣されたのだ。

はっとアイナが顔を上げる。

三度目の結婚話を持ってきたのは父だ。先日アイナが手紙を出すと、すぐに父から返事が届いた。それから数度のやり取りが続いているが、それはいつもアイナを気遣う内容のもので、最後には「いつでも帰っておいで」と書かれていた。

「父は、このことを知っているのですか?」

蒼白となったアイナに対し、シュルツは哀れなものを見る表情で言う。

「最初は知らなかったと思うがね。王宮に頼み込まれてあんたを送り出したと聞いている。だが今は、だいぶご出世されたようだが」

「え……」

「ほう？　ご存知ない？」

人の良い父の顔が浮かんだ。駆け引きがうまくできず、それが出世の足を引っ張るタイプだ。母はよく、そこが良いのだと笑って言っていた。

目の前がぐらりと歪む。父もまた利用され、そして娘を利用したのだろう。悲しかったが、それも仕方がないと思うと、頭の芯が冷えて冷静に考え始める自分がいる。今まで父に出した手紙に、エドウィンやこの城に付け入る隙を与える内容はあっただろうか？　当たり障りのない内容ばかりだったから、おそらく大丈夫なはずだ。

うー、と唸《うな》りながら考え始めたアイナを、シュルツは面白そうに眺める。

「泣くか怒るかと思ったんだが、違うんだな」

「私のせいでエドウィン様が困る立場になるのは嫌ですから、泣きませんし怒りません」

「まあ、殿下もおとなしくしていれば大丈夫だろうがね」

シュルツのその偉そうな言い方に呆れる。王宮はどんな理由をつけてでもエドウィンを閉じ込めておきたいのか。

「エドウィン様がなにかを企んでいるとでも？」

「それを調べるのが俺たちの仕事だよ」

シュルツがまたニヤリと笑った。

その時、ガチャリと音がして玄関の扉が開き、エドウィンが顔を出す。

「終わったぞ」

エドウィンは不機嫌な声でそう言うと、シュルツからアイナを隠すかのように二人の間に立った。

「殿下、心配は御無用ですよ。女性を泣かすようなことはいたしません」

嘘つき！　アイナは心の中でシュルツに罵声を浴びせたが、届くはずもなく彼はさっさと城の中に消えていった。

外にはエドウィンとアイナが残される。

「なにか言われたのか？」

心配そうに顔を覗《のぞ》き込むエドウィンに、アイナは小さく微笑み返した。

「……色々と。エドウィン様はいかがでした？」

「言われたよ。あいつら、人の気持ちを逆撫でするのが上手いからな」

それが彼らのやり方なのだろう。だが、シュルツはアイナに情報を与えてくれもした。

王宮が、辺境の地エドナの小さな城に注視し始めたこと。アイナはそれに巻き込まれたのではなく、結果としてアイナがエドウィンを巻き込んだのだ。

アイナは俯《うつむ》いて唇を噛んだ。

「おいで。中に入ろう」

目の前にエドウィンの右手が差し出される。アイナはそこに自分の左手を重ねた。白くなった指の冷たさに、エドウィンは眉根を寄せたが何も言わない。

自分は王都へ帰るべきなのかもしれない。

でも、帰るのは雪が降らなくなって、馬車が動けるようになってから……

美しいであろう庭の花々が咲き誇るのを見てから……

包み込むように握られた手を見つめながら、アイナは冬が長く続くことを願っていた。

王宮の査察官たちが帰り、また静かな日々が過ぎていく。

そんなある日、アイナは朝日の中でゆったりと長椅子に寝そべり、本を読んでいた。

この図書室は居心地がよく、彼女はこの部屋の主《あるじ》であるかのように入り浸っている。その部屋に通じるもう一つの部屋からは、今日はなにひとつ物音がしない。

夜が明ける前にエドウィンは城を抜け出していた。デュースも一緒らしい。ならば行先はきっと、城の後ろに広がる暗い森。ここのところ雪も降らないので出掛けやすいのだろう。主がいないことを門番に知られてはいけないので、アイナはいつも通りに過ごすはずだった。

そんな静かな一日の始まりなのに、外から大声が聞こえてきた。

アイナは急いで窓へ駆け寄り、そっと開けて声を聞く。

「……どうして勝手に城に入ろうとするのですか！」

バードが、珍しく怒りをあらわにしている。アイナが気づくように、わざと大きな声を出しているのだ。

「主《あるじ》はまだお休み中です！　騎士殿を入れるわけには参りません！」

気丈にも押し返そうとしているらしい。そして王宮から騎士が来たのか。騎士が相手ならばバードに身の危険があるかもしれない。

なぜ、今日に限って門番と騎士とでエドウィンが城にいるかどうかを確かめに来たのか。

アイナは図書室の中をしばらく歩き回ったが、思い切って彼の部屋へ通じる扉を開けた。


バードは必死だった。とにかく穏便に事を済ませたいし、かといって門番と騎士を城の中へ入れるわけにはいかない。エドウィンがいないことを知られてはならないのに。

アイナは騒ぎを聞きつけただろうかと気になった。万が一にでも騎士が剣を抜くような事態になれば、アイナにも危険が及ぶかもしれない。とにかく逃げてもらわないと。マリアンヌと一緒なら良いのだが。結局、色々と考えているうちに玄関は突破された。

「バード様っ！」

駆け寄るマリアンヌを見て、アイナが見つからなかったことを知る。

「いい加減に諦めてください！」

「これは王宮の命令なんですよ！　殿下にお会いできればそれでいいんですから」

門番と騎士はバードを宥《なだ》めるようとする。

「ああ！　亡き王妃様がご覧になったらなんとおっしゃるか！」

バードも負けじと芝居がかったことを言って、胸の前で指を組んだ。

とにかく、部屋をしらみつぶしに探させて時間稼ぎをするしかないかと頭を巡らす。その次は庭だ。しかしそれでも、エドウィンが帰ってくるまでもたないだろう。いざとなったら騎士と門番を気絶させてしまおうか。そのためにはマリアンヌに得物《えもの》を持ってきてもらわなくてはと考え、そっと窺《うかが》うと、彼女も青ざめた顔をしていた。バードと目を合わせると、すぐにマリアンヌも理解したのだろう、足音を立てないようにしてその場から抜け出す。

ふう、とバードは大きく息を吐き、諦めたふりをしてエドウィンの部屋へと二人を案内した。

「エドウィン様！　起きてらっしゃいますか？」

バードは扉をノックしてわざとらしく大声を出す。

トントントンと何度か叩いていると、騎士が乱暴に扉を開けた。

バードは心の中で舌打ちする。開いた扉の向こうには、もちろん主はいない。

「……いらっしゃらないようですねぇ……。お風呂の方――」

「寝室は？」

「……あちらです」

バードは観念して寝室へ繋がる扉に向かい、更に声を掛ける。とにかく時間稼ぎをするしかない。

「エドウィン様、起きてらっしゃいますか？」

数回ノックすると、寝室の内側から扉が少しだけ開いた。

「え？」

思わず驚きが口から漏れる。わずかに見える部屋の中はカーテンも閉め切って薄暗い。そこにあった予想外の姿にバードの声は上擦った。

「ア……ア、アイナさま……」

アイナがシーツを身体に巻きつけただけの姿で、扉の陰から出てきたのだ。

絶句する三人の男に、恥らうように俯《うつむ》きながらアイナが小さく口を開く。

「エドウィン様が……お怒りですから」

アイナの後ろには、ベッドの中に横たわる人らしき形が見え、床には女性の下着。三人は目のやり場に困り挙動不審になった。

「あ、いや、その……」

「いいいいらっしゃることが分かれば良いのですっ！」

シーツの下の身体のラインを強調しながら、アイナは門番と騎士を潤んだ目で見上げる。

「あのっ、こんなことしょっちゅうあっては困ります……」

上目遣いのアイナを見て、男たちの顔に一気に血が上った。バードも固まったまま動かない。

その瞬間、背中から金切り声が飛ぶ。

「きゃぁぁぁぁ！　アイナ様になんてことをっ！　無礼者っ！」

マリアンヌの援護射撃ともなる叫びに、男三人は慌てて部屋から飛び出て行った。


そして夕暮れ時。

エドウィンは夕食の時間に間に合うように帰ってきたものの、バードとアイナから冷たい視線をもらう羽目になった。事情を聞くと、身体を折ってしばらく笑っていた。

「見たかった」と呑気に言う彼に、バードは呆れた声を出す。

「でもこんな茶番、次は絶対に無理ですよ」

「分かってる。当分出掛けるのは難しいな」

そう答えるエドウィンの目は、もはや笑ってはいない。

「森に入るところを見られたのかもしれませんねぇ。最近、どうも監視が厳しくなっているように感じます。なにか良からぬ事にならなければいいのですが」

「もうなってるのかもな」

「森へのお出掛けは控えるべきです」

「かもな」

その言い方は、止める気がないということだ。なにがそこまで彼を森へ駆り立てるのか。

それ以上話そうとしないエドウィンに、バードはひとつ溜息をついて部屋を出ていった。

「アイナ」

不意に名を呼ばれて、アイナが顔を向ける。

「無茶なことをさせて悪かった」

謝る彼に、アイナは頭を横に振って微笑んで見せた。

「ほんの少しだけ、怖かったですけれどね」

本当はずっと彼の不在が知られたらどうしようと、不安で心臓が鳴りっぱなしだったのだ。

エドウィンはぎゅっと眉根を寄せる。

「でも、バードさんの驚いた顔は見ものでしたよ。エドウィン様は見られなくて残念ですね」

あの時のバードの表情が頭に浮かび、アイナは笑いを堪《こら》えようと手で口を押さえた。

「……じゃあ、またバードを驚かせてやればいい」

我慢できずについに吹き出したアイナを見て、エドウィンも困ったように笑ったのだった。

9　竜の森

窓から見える景色をアイナはぼんやりと眺めていた。

曇った空から何本も光の筋が漏れている。先ほどまで降っていた雨は止み、これから二、三日は晴れるのだろう。もう雪は降らないのかもしれない。

あの騒動の後も、相変わらずエドウィンは森に出掛けているが、すぐに戻ってくるようになった。今日も雨上がりにふらっと出掛けたばかりだ。

アイナの手元には父から届いたばかりの手紙があった。いつものように娘を気遣う内容だったが、そこに書かれていたあることで、アイナは不安で心がいっぱいだった。今この瞬間にエドウィンに会いたいと思った。

勝手なことだ。自分でも我儘《わがまま》だと分かっている。

そして、自分の気持ちにも嫌というほど気づいている。

――エドウィンが好きだ。

毎日の食事も、庭の散歩も、もういつの間にか彼が一緒であることに馴染んでしまっていた。

彼の気遣いも優しさも、目に見えて分かるものではないけれど、いつも感じられるものだ。

近づく春の気配に怯《おび》えながら、アイナは静かに溜息をついた。


結局、エドウィンと顔を合わせたのは夕食の時だった。

食後の紅茶を飲み終えて、「話がある」とエドウィンに切り出すと、それなら部屋へと誘われた。

いつも通りにバードと共に片付けを済ませ、それから手紙を持って二階のエドウィンの部屋へ向かう。勧められた椅子に腰掛けてすぐに手紙を差し出した。

「今日、父から手紙が届きました」

「見てもいいのか？」

エドウィンはそう聞きながら封筒の中から紙を取り出して広げる。

『およそ半年後に、ルシュターナ王国第一王子が他国の姫君を娶《めと》る。

それは間もなく国中に布達されるだろう。

現国王は、婚儀の一か月後に王位を第一王子に譲り退位する。

それに合わせて、第二王子の処遇については、今後の騒乱の種とならぬよう王宮が決めることとなる』

そして手紙の最後は、『身の安全のためにも帰っておいで』という一文で締めくくられていた。

「君のお父上は随分と情報通だね」

顔を上げれば、そこにはいつもと変わらず少し意地悪そうに口角を上げたエドウィンがいた。

「――あと半年ある、か」

視線を手紙へ落としたまま考え込んでいる彼に、アイナは話しかけた。

「……あの、エドウィン様」

彼の視線がアイナへ向けられる。

「私が実家に帰れば、もしかしたら……王宮は見逃してくれる、かも……」

アイナの頭の中に、王宮査察官のシュルツの言葉が甦る。アイナがエドウィンのもとから去れば、その不安を払拭《ふっしょく》できるのではないか？

「手遅れだと思うけど？」

「手遅れ？」

「アイナが帰ろうとどうしようと、第一王子は王位を継いだら俺を潰すつもりなんじゃないか？」

「……そんな！」

「会ったこともないから、情も湧かないのかもな」

そう言って暗く嗤《わら》うエドウィンに胸が締めつけられる。

「じゃあ、じゃあどうすればいいんですか？」

頭の中がグシャグシャになったアイナは、エドウィンに詰め寄った。

アイナがもっと早く王都へ帰れば良かったのか？

それとも国王が代わるなら、遅かれ早かれ結果は一緒だったのか？

「大丈夫だよ、大丈夫。だからそんな顔をするな」

宥《なだ》めるように優しい声が下りてきて初めて、自分が情けない顔をしていることに気づいた。

エドウィンを見上げると、小さく息を吐かれる。

「いくら国王でも、いきなり殺すなんてできないだろ」

それじゃあまるで恐怖政治だ、と笑いながら言う彼に、アイナの頬も少し緩んだ。

国が繁栄を保つために法と秩序を守ろうとするのは、当然のことだ。暴君ならばいずれ近いうちに国は滅びる。今の第一王子が次の国王になっても、善政を心掛けるだろう。だからこそ、将来の争いの種は、芽が出ないうちに消す。政《まつりごと》とはそういうものだ。

「アイナが心配することではないだろう？」

エドウィンの言葉に、突き放された気がした。

自分は客人としてこの城にいる。なにかあればこの城から立ち去るだけでいい。そうすれば、彼に深く関わることはなくなるのだから。

でも。

「心配ぐらい、してはいけませんか？」

アイナは微笑む。精一杯の強がりだ。

エドウィンはなにも言わずに、手紙を封筒へ戻しアイナに渡した。

「お父上が心配している。帰りたくなったか？」

「いいえ」

即答する。

気持ちなんてとっくに決まっている。

帰りたいわけじゃない。帰る場所がないなんて、シュルツに語った言葉は言い訳だ。

エドウィンが好きだから、ただ彼のそばにいたいだけ。

アイナの言葉に顔を上げたエドウィンと、目が合った。

「……これからどうなるのか、俺だって分からないんだよ」

まるで子どもに言い聞かせるような静かな声で、エドウィンはアイナを見つめながら言う。

「私がどこに行こうと自由だと、そうおっしゃったのはエドウィン様です」

強く見つめ返してアイナが答える。

「ならば、ここにいることも私の自由ですね？」

アイナの深緑の瞳とエドウィンの漆黒の瞳がぶつかり、エドウィンがふっと笑う。その目がとても優しく見えた。

「そう言ったのは確かに俺だけど、……後悔しても知らないぞ」

「エドウィン様のそばにいられるのなら、後悔なんてしません、よ?」

それは本当の気持ちだ。でも、それを素直に伝えるのは恥ずかしく、今の赤くなった顔をエドウィンには見られたくなかった。

エドウィンが一度目を伏せ、再びアイナを見つめた。その瞳に熱が籠ったように感じる。

「俺が、どこにも行くなと言ったら……どうする?」

囁《ささや》くような声にアイナは答えられず、ただ視線は彼の瞳からずっと離すことができなかった。

エドウィンは椅子から立ち上がってアイナの目の前に立つと、そっと右手を差し出す。

「おいで」

誘われるままに手を出すと、エドウィンはその手を掴まえて引き、彼女を立たせる。そして手を引いたまま、隣にある彼の寝室へアイナを連れていった。


部屋に入ったとたんに繋がれた手は指を絡めるように組み合わされて、口づけが下りてきた。

最初は軽く唇に触れるだけ。離れては、また触れる。ついばむようなキスを繰り返して徐々に深くなっていく。慣れているはずもないのに、アイナはいつの間にかエドウィンの唇を求めていた。まるで美酒に酔ったかのように頭の中が痺《しび》れていく。

「んっ……」

名残り惜しく離れて息を継ぐと、アイナの濡れた唇をエドウィンの親指が優しくなぞる。

「怖いか?」

そう聞くエドウィンの瞳に黒く輝く欲情の色が見えて、アイナはゾクリとした。

「怖いけど、こわく、ない」

どちらも本当の感情だ。

「俺は怖いけどな。この身体で大丈夫か？」

「……見ても？」

彼の身体を見ることは全然怖くない。怖いのはそんなことじゃない。

でも彼に伝えるべき言葉が見つからなかった。

エドウィンが腰を低くしたので、なにごとかと思った瞬間に、膝の裏をすくい取られて横抱きにされた。そしてベッドの上に優しく降ろされ、アイナはぺたんと座りこむ。

そのまま、わずかな明かりの中で、エドウィンが長いローブと上着を脱ぐのをただ見ていた。

彼の上半身が露《あら》わになると、アイナがおもむろにエドウィンに向かって右腕を伸ばす。

エドウィンがゆっくりと近づいてきて、アイナは彼の身体にそっと触れた。

エドウィンの左腕も左半身も、形は普通の人間と同じだ。でも、彼の左の頬から首、左の胸、そして左の脇腹はやはり橙色《だいだいいろ》の鱗《うろこ》で覆われている。左の上腕も同じように赤々とした皮膚で、腕の下にいくほど鱗が大きくなり、今では見慣れた大きな鉤爪《かぎづめ》に繋がっている。

アイナは彼の鱗と人の肌とのぼやけた境目を撫でてみた。首、鎖骨、胸、鳩尾《みぞおち》、脇腹、と流れるようにゆっくりと。それから二の腕に触れる。そこに男の人の筋肉を感じる。

鱗の肌は少し冷たい。だが、その冷たさが火照《ほて》った今のアイナには心地よかった。

そのままエドウィンの左腕を取って顔を近づけ、かぷりと軽く噛み付く。

「……えーと。アイナ？」

戸惑ったようにエドウィンが聞く。目を伏せたまま、アイナが口を離し問う。

「痛い？」

「……いや」

するとアイナは、ほんの少し歯に力を入れて噛んだ。

「痛くないよ」

エドウィンの言葉を聞いて、もう少し力を加える。

「もっと強く噛んでもいいよ」

噛み付いたまま、そっとエドウィンの顔を見上げると、彼は困ったような笑顔を浮かべていた。

口を離して、噛んでいた部分にちゅっとキスをする。鱗の皮膚は硬くて、歯型も付いていなかった。

「……大丈夫」

アイナはエドウィンの目を見て告げた。彼への答えは、これで伝わるだろうか？

しばらく目を瞬《またた》かせててアイナを見ていたエドウィンだったが、急にそわそわと落ち着かなくなった。

「アイナ……」

掠《かす》れた声で呼ぶエドウィンの揺れる瞳があまりにも近くにあって、またアイナは目を伏せる。きっと自分の瞳も同じように欲を孕《はら》んでいるはずだ。でもそれを見られるのは恥ずかしくて、まだ彼の目を見られない。

エドウィンは自分の左手に、さっきまで着ていた上着をきつく巻き付ける。アイナが見ても怖がらないように。鉤爪《かぎづめ》がアイナの肌を切り裂かないように。それでは服が皺だらけになってしまうのに、と気になって見ていると、肩を押されてベッドにあおむけに倒された。

「あれ？」

「……あれ、じゃないだろ」

彼の声が耳元で聞こえて、思わず身体が固くなる。その身を抱きしめられた。それは力強くて、一瞬息ができなくなったぐらいだ。アイナもそっと彼の背に手を這わせる。

ピクリと身体を震わせたエドウィンが上体を起こしてアイナの顔を覗《のぞ》き込んだ。

「……いいのか？」

不安と欲望がない交ぜになった声色で、アイナに縋《すが》るように問う。

アイナは小さく頷く。ここで止めたくはない。けれどもまだ視線は合わせられなかった。

落ちてきた黒髪が肩に触れ、肌を小さく刺激する。ゆっくりと彼の唇がアイナの首筋を這っていく。どうしようもなく心臓が高鳴っていた。首を反らすと、そこに熱い息が掛かる。それから喉元にキスをされた。右の掌《てのひら》が、アイナの胸を服の上から形をなぞって、そっとまさぐる。

「ん……っ」

そのぎこちない動きは、アイナの漏らした吐息で徐々に変わっていった。性急に動き始めたエドウィンの手に、ぴくりと彼女の身体が小さく跳ねる。

ボタンを外して服を脱がしていく指がくすぐったくて、熱い。

露《あら》わになったアイナの胸がふるりと震える。その乳房を掬《すく》い取るように揉まれた。あっという間に先端は尖《とが》り、深く色付いていく。その頂《いただき》をエドウィンは口に含んだ。

「あうっ……」

強く吸われて引っ張られて、アイナは思わず声を上げる。

「痛かったか？」

心配そうに覗き込むエドウィンに、首を横に振ってみせた。

痛いわけではない。ただ、今のアイナにはその刺激が強すぎて受け止めきれないだけだ。

愛おしげにアイナの乳房を持ち上げ指を埋め込むと、それはエドウィンの望む形へと変わる。

「アイナの身体は柔らかいな」

エドウィンがそうつぶやくと、アイナも確かめるように彼の背に腕を回す。左手には自分のものとは違う男の筋肉、右手には鱗《うろこ》に覆われた硬い肌。どちらもエドウィンのものだ。こんなに近くにあって直接触れられることが嬉しい。

エドウィンの手もまた、アイナの形をなぞり、浮き上がった肋骨を撫で、脇腹を擦っていく。彼の体温が伝わってきて、愛おしい気持ちが身体中に広がってくる。くすぐったかったはずなのに、いつの間にかゾクゾクとした痺《しび》れが湧き起こり、思わずアイナの上体が弓なりにしなった。

胸元に何度もキスを落としていたエドウィンの唇は徐々に腹へと下りていく。声を漏らせば、そこを執拗に攻められる。

「……っ！」

ズクリとお腹の奥が疼《うず》いた。その変な感覚に目眩《めまい》すら覚える。

さらに手は下がっていき、下着がするりと脱がされた。羞恥のあまり思わず身を固くするアイナのそこに、エドウィンの指が触れる。アイナの秘所はすでに蜜に溢れ、まるで次の行為を待ち望んでいるようだった。秘裂に沿って撫でる指先は、次々と生まれ出る蜜に濡れながら、さらに奥へ分け入っていく。内壁を擦られて、痛みに似た疼きが生まれた。掻き混ぜる指は次第に大胆に動き始める。ゆっくりと引き出したかと思えば、より深く突き刺される。繰り返されるその刺激に、アイナはただ声を上げて喘ぐしかなかった。せり上がってくる欲求にどうしようもなくなり、アイナは身をよじって身体を小さくしようとした。だがそれは力強い手に阻《はば》まれる。

「俺にアイナの全てを見せてくれ」

そう熱をこめて囁《ささや》くエドウィンは、剥き出しにされたアイナの一糸まとわぬ姿を見つめる。その視線の強さに息を呑んだ。

「綺麗だ」

エドウィンの言葉が頭の中に響くと、アイナの声が枯れてしまったかのように出なくなった。

違う、と声にならない叫びで唇が震えた。目の前が真っ暗になって心の欠片《かけら》が剥がれ落ちていく――

違う、違う。私は綺麗じゃない。

綺麗なのは貴方。傷すらつかない、強くてしなやかな身体を持つ貴方。優しい心を持った貴方。

怖い。

私は汚れているから。それを知られてしまうのが怖い。


「アイナが感じてくれているんだね」

そんなに嬉しそうに言わないで。見つめないで。

私、感じているの？　感じることができているの？

『あの時』だってそんなこと分からなかった。感じることがどういうことかすら、分からなかった。

知ってはいけないことだったから。毎日ただ苦痛が通り過ぎるのを待つだけだったのだから。

貴方は呆れてしまう？　私を嫌いになってしまう？

それが怖い。

なのに私は貴方が欲しい。与えることができるのはこの汚い身体しかないのに。

これじゃあ不公平すぎる。


「好きだよ、アイナ」

蕩《とろ》けるような優しい声に導かれるままに、欲しかったものへゆっくり手を伸ばす。

その手を力強く掴まえられて——

ほら。もう、怖くない。

「うっく……」

ボロボロと涙を流すアイナに、驚いたエドウィンが慌て始める。彼女の手をパッと離した。

「い、痛かったのか？　嫌なのか？」

「え？　あ、違っ……」

今度はアイナが慌てる番だった。違うと言いたくて、心配そうに覗《のぞ》きこんでいるエドウィンの、流れ落ちる髪に触れる。そして、安心させるかのようにふわりと笑顔を向けた。

「嬉しかっただけなの」

エドウィンの頬を撫でる。

「好き……。エドが好き」

だから止めないでいい。もっと……

「俺も、愛してる」

そしてまた二人は唇を重ねる。強く抱きしめられると、合わさったエドウィンの胸がアイナの豊かな乳房を押しつぶし、紅く染まった尖《とが》りを刺激する。それだけで甘い痺《しび》れが全身を駆け巡った。

エドウィンの顔が切なそうになってアイナに訴える。

「我慢できそうにない……」

「……私も」

ひとつになりたかった。もっと深く彼と繋がりたかった。

エドウィンがズボンも下着も脱ぎ捨てて、アイナの脚を割って入ってくる。膝の裏を抱えられて広げられた脚の間に、エドウィンのものが宛《あて》がわれた。次に自分の身に起こることが分かって、アイナは緊張から思わず身体に力が入った。切っ先がアイナの秘所に何度か当たり、そしてツプリと侵入してくる。

「いっ……！」

アイナはその痛みに思わず目を見開く。そして両手でエドウィンの腕を強く掴んだ。

しかし、そのまま止まることなく奥に押し込まれるのを感じて、詰めていた息を少し吐いた。

「……大丈夫か？」

掠《かす》れた声に聞かれてアイナは首を縦に振る。痛みはほんの一瞬で、今は圧迫感があるだけだ。

それはそれで苦しかったが、しばらくすると、今度は別の感覚が湧き上がってくる。最初は甘い疼《うず》きだったはずなのに、次第に大きな震えに変わっていった。どくどくと伝わる彼の熱を体内に感じて、アイナの身体の奥がさらにきゅうきゅうと締まる。

そんな自分の変化に戸惑って、アイナは思わずエドウィンの首に腕を回して縋《すが》りつく。それが合図かのようにエドウィンが激しく動き始めた。アイナの腰をガクガクと揺さぶり、壁を灼熱の楔《くさび》で突き上げていく。奥まで捻《ね》じ込まれて、その強さに嬌声《きょうせい》がこぼれる。

「あぁう……んっ」

最奥まで突かれては、そのたびに甘い声が出る。たまらなくなってエドウィンを見上げた。

余裕などなく、切ないような、それでいて蕩《とろ》けるような彼の顔が、アイナの瞳に映る。

アイナはそれをただ息を詰めて見つめることしかできなかったが、その潤んだ瞳を見て理性を吹き飛ばしたのか、エドウィンの動きがさらに激しくなった。

「……っ！　アイナ！」

その瞬間、強い揺さぶりと突き上げが来て、目の前が紅く染まる。

与えられた熱をすべて受け止めるかのように、アイナの身体がぴくんと痙攣《けいれん》した。


荒い息遣いが部屋に響く。

行為を終えた体勢のまま、二人はしばらく動かず、ただずっと見つめ合っていた。

どれくらいの時間が経ったのか、ようやくお互いの呼吸が静まってきた頃、アイナはエドウィンの瞳から視線を外せないまま、大きく瞬《まばた》きをする。

それからエドウィンがゆっくりと彼女の顔に近づき、二人は何度も長いキスをした。

アイナが本当に望んだものは、もはや自分でも何だったのか分からない。

でも。

幸せだった。


ベッドが揺れて、アイナは目を覚ました。頭を動かすとすぐそばでエドウィンの声が聞こえる。

「起こしたか？」

ぐるりと周りを見渡すが、部屋の中にはわずかな明かりがあるだけでよく見えない。

「まだそんなに時間は経ってないよ」

彼の右手で髪を優しく梳《す》かれて、アイナは少し前の行為を思い出す。

一気に恥ずかしさが全身を巡って、真っ赤になった身体を隠すようにシーツにくるまった。

「少し待ってろ」

そう言い置いてエドウィンはローブを羽織って部屋から出ていった。彼がいなくなってしまうと温もりが消えて一気に寒くなった気がする。ゆるゆると身体を起こしてベッドの下へ手を伸ばした。

しばらくしてエドウィンが部屋に戻って来た時には、ベッドに腰掛けたアイナが眉根を寄せながら、彼の皺だらけになった上着を引っ張って伸ばしていた。

「ええっ。服、着ちゃったのか……」

あからさまに落ち込んだ声で言われる。

「……なにを期待してるんですかっ、なにをっ」

寒かったから服を着ただけだ。エドウィンが何を期待していたのかは予想できたが、そんなにがっかりされても困る。

すっとアイナの目の前にカップが出てきた。

「あ……。ありがとうございます。これはハーブティ？」

馴染みのある香りと温かさにほっとする。まだ気恥ずかしくて、彼の顔がまともに見られない。

「……アイナに」

しばらく手元のカップに目を落としていたアイナだったが、名を呼ばれて、ようやくエドウィンの顔を見た。だが、壁に寄りかかって立っている彼は、まだ視線を床に落としたままだ。

「ずっとここにいて欲しいと思うけれど……、この城が無くなったらどうなるんだろうな？」

じっとエドウィンを見つめる。彼の声色が思いの外《ほか》暗くないことが不思議だった。

エドウィンが顔を上げてアイナを見る。そしてあの綺麗で少しだけ意地悪そうな笑顔になった。

「アイナが力を貸してくれたら、なんとかなるかもな」

「力？」

「うん。でも、できるかどうか分からない」

「……どんなことですか？」

その問いには答えず、エドウィンがワードローブから黒いコートを引っ張りだして着る。そしてアイナの手からカップを取り上げて、彼女にも灰色の厚いコートを羽織らせた。

「外へ行くのですか？」

「そう、森へ」

思わぬ答えに、アイナは目を瞬《またた》いた。そのままエドウィンに手首を掴まれて、引きずられるようにして部屋を出る。

玄関に向かう途中でバードと鉢合わせした。

「おや、エドウィン様？　こんな時間に一体どちらに？」

驚くバードに、「出掛けてくる」とだけ言って立ち止まりもせず、エドウィンはアイナの手を引いていく。アイナの方は、なんだかバードと顔を合わせるのが気まずくて俯《うつむ》いていた。通り過ぎてからチラリと振り返ると、バードは困ったような、でもなにか言いたげな、そんな顔で二人を見送っていた。

玄関を出て庭を通る。まだ春の一歩手前なので、空気は澄んで冷たい。空にかかる満月が大きく見えた。手首を掴まれたまま無言で歩き、土を踏みつける足音だけが響いていた。

「あの、エドウィン様……」

戸惑うように声を出したアイナに、どうしたとばかりにエドウィンが振り向く。

「そろそろ痛いです、手首」

立ち止まって手を離された。「すまん」と謝るエドウィンは困ったような顔する。

「……それから、エドでいい」

呼び方を変えられて、それから唇にかすめるようなキスをされた。不意打ちに目を丸くしていると、エドウィンが腰を少し屈《かが》めて、左腕でアイナを抱き上げる。

「え？　ひゃあ」

思わず声を上げる。まるで親が小さい子どもを抱くように、エドウィンの左腕に乗せられていた。上体が不安定なので、アイナは落とされまいと慌てて彼の頭にしがみつく。

「森に着くまではこれだな」

エドウィンはすたすたと歩き出したが、徐々に駆け足になった。

アイナをまるで小さい鞄かなにかのように抱えて易々と走れるのは、やはり左腕の力か。

周囲に注意を払いながら崩れかかった塀をすり抜け、予想以上に早く森の入口に着いた。国境が近いこの森には人が勝手に入れないようにロープや杭が巡らされているが、エドウィンは簡単にすり抜ける。きっといつも通る場所なのだろう。

ようやく足の進みが緩やかになり、アイナは身体から力を抜いた。

周りを見る余裕が出て、エドウィンの頭越しに森を見渡せば、鬱蒼《うっそう》とした木々が見渡す限り続いている。

だが急に明るくなって視界が開けた。密集して生えていた木が消え、広場のようなところへ出る。森の中にぽっかりと空間が広がっていて、今度は月明かりが眩《まぶ》しいぐらいだ。そこには柱と屋根だけの簡素な東屋《あずまや》があり、アイナはその中のベンチに身体をゆっくり降ろされた。

「アイナ」

隣に座ったエドウィンが低い声を掛けてくるので、ビクリと震えて身構える。

「これから、たぶん……驚くと思う」

「は？」

「大声を出すと驚かせるから我慢した方がいい、かな」

「……え？」

なにを言われているのか分からず、その意味を問おうと口を開いた時。

たしたしたし、と何かが近づいてくる音がした。バサッと木の枝が落ちる。

その音が大きくなって、気配がどんどん近づいてくるのを感じる。それはとても大きな、馬のような生き物の気配だ。背筋がゾクリとして、身体が動かない。

そして、音が消えたと思ったら、ふん、と熱い風が吹いた。目の前を岩が横切る。いや、実際は岩が飛んできたわけではなく、大きな首のようなものが突っ込んできたようだ。

「……………！」

声は出せなかった。

これは何？

視線はそれを捉えていたが、頭ではそれがなんなのか認識ができない。

固まった全身をエドウィンに引き寄せられた。「怖くない」と、耳元で囁《ささや》く彼の声がなぜか遠くに感じる。

長い首と、全体を覆う大きな鱗《うろこ》、二枚の大きな翼を持つ生き物。

「りゅ、りゅ、りゅう……」

それはまさしく、物語に出てくる竜そのものだった。


絶叫しなかった自分を偉いと誉めてやりたい。

エドウィンに手を引かれたアイナはゆっくりと立ち上がり、そろそろと東屋を出る。すると竜も静かに後退し、東屋から顔を引き抜いた。

口をあんぐりと開けたまま、アイナは竜を眺めていた。

大きさは馬の二倍ほどだろうか。尖《とが》った顔先と、頭に太い二本の角らしきものが見える。長い首の下にはどっしりとした体があり、さらに太くて長い尻尾が続く。背には大きな翼。全身は赤褐色の大きな鱗《うろこ》で覆われていて硬そうだ。その表面はあちこちに突起があって、デコボコしていた。少し短い前足を揃えて、まるで犬の「お座り」のような姿勢をとっている。大きな金色の瞳は、月の光に照らされてどこまでも透明だった。

竜はぐいっと首だけ動かしてエドウィンの前に顔を持ってきた。そして、彼に顎をガシガシと撫でられると、目を閉じて気持ちよさそうにしている。

エドウィンがなにごとか話すと、竜がぱっちりと目を開けてアイナを見た。

「ひゃっ」

顔を引き攣《つ》らせてエドウィンを見る。

「触ってみろ」

「えええ!?」

「噛みついたりはしないから」

エドウィンが竜の体を撫でてみせる。

アイナもこわごわと手を出して、首の辺りに触れてみた。ひやりと冷たい。そっと撫でてみる。

『おとうしゃん』

声が聞こえた。いや、アイナの頭に響いただけだ。思わず周りを見渡すが、もちろんエドウィン以外に人はいない。視線を前に戻すと、金色の竜の目がアイナに向けられていた。

「もしかして……」

「そう、触れると竜の声が聞こえるから」

『おかあしゃん、おとうしゃんでしょ？　おとうしゃんでしょ？』

はしゃぐ声が聞こえて、竜を撫でていたエドウィンが苦笑しながら答える。

「そうだよ、お父さんが来たね」

『いいこにしていたから、おとうしゃんがきたんだよね？』

呆然と眺めているアイナに、竜が鼻先を近づけてきた。

「……もしかして、私がお父さん……なんですか？」

「結果的にそうなった」

「結果的？」

「卵を孵《かえ》したのは俺だから、お母さん」

「卵……お母さん？」

『おかあしゃんはね、おとうしゃんがだいすきなの。すごくだいじなんだっていってた』

理解するのにしばらく時間がかかった。

自分がお父さんで、エドウィンがお母さん……

かあああ、と顔が熱くなる。この舌足らずの竜からとんでもないことを言われてしまった。

ちらっとエドウィンを見ると、口をあんぐりと開けて竜を見ている。竜の爆弾発言は彼にとっても予想外だったようだ。

一生懸命アイナに話し掛ける竜は元気で賑やかしく、マリアンヌの子ミハエルを思い出させる。

気がつけば、アイナは竜に対する怖さが無くなっていた。

「レグザス、という名前を付けた」

名付け親は俺だ、と偉そうに言うエドウィンを苦笑いしながら見上げた。

レグザスとは、ルシュターナの国民なら誰でも知っている物語上の英雄の名だ。

だが、そんな大層な名前を付けられた竜を撫でても、今は言葉が聞こえない。レグザスは長い鼻先をアイナの膝の上に乗せて幸せそうな寝息を立てていた。

「レグザスが、森に入る理由だったのですね」

「最初はただ抜け出すことが目的だったんだけどな」

「エドがなぜそんなに森にこだわるのか不思議でした。バードさんだって心配していましたし」

そうだな、とエドウィンが小さく笑う。

「竜をこっそり育てるために森に通っているなんて、誰が思うでしょうね？」

アイナもくすりと笑う。レグザスを起こさないように、二人は小さな声で話していた。

「なあ、アイナ」

「はい」

「レグザスはまだ子どもだ。いろいろなことを理解させるのには、もう少し時間がかかる」

「どれくらいで大人に？」

「分からない。竜なんて見たこともなかったんだからね。ただ、育ててきたペースを考えれば、あと半年でそれなりに成長するんじゃないかな」

「半年……」

「そう半年だ。……俺は、レグザスが王宮との交渉の切り札になると思っている」

アイナは小さく息を呑む。ほんの少しだけエドウィンの考えが分かった気がした。

「レグザスを王宮に引き渡すつもりですか？」

「くれてやるわけじゃない。ルシュターナでは竜は神の遣いだ。それが即位したばかりの国王に跪《ひざまず》いてやったらどうだろうな？　人々は若い国王が神に認められたと信じるんじゃないか？　そうやって一気に民の支持を得られるとしたら……国王は竜を欲しがると思わないか？」

低い声がはっきりと耳に届く。彼の視線はレグザスとアイナをまっすぐに捉えていた。


眠気と疲労の中で城に帰ればもう朝で、アイナは冷えた身体を風呂で温めてほっと息をついた。

今日はマリアンヌに会ったら非常にまずい気がする。とっても鋭い事を言われそうな気がする。

本能の警告に従って台所には近づかず、そのまままいつもの食堂へ向かう。

食堂では、すでに席に着いたエドウィンに向かってバードがくどくどと文句を並べていた。

「――だいたい、夜遊びなんてするほどの歳でもないでしょうに」

「……あのなぁ」

エドウィンも寝不足の顔を隠さず、疲れた様子で適当にバードの相手をしている。

「アイナ様、おはようございます」

「お、おはようございます」

なぜかアイナの本能はここでも警告を発して、ぎこちない挨拶を返した。

「バード、食事にしてくれ。腹減った……」

「はいはい。そうでしょうねぇ。たっぷり運動された後はねぇ」

その言葉に、エドウィンは顔を思いきり引き攣《つ》らせ、アイナは全力で二人から顔を逸らす。当のバードはそんな二人を見て小さく笑い、それから台所へ向かっていった。

結局、翌日マリアンヌに捕まって散々からかわれた。恥ずかしさのあまり居たたまれなくなって、アイナは逃げるように城を出た。

そして、エドウィンの代理としてデュースと共に森に入る。

レグザスを空に飛ばす、と言うエドウィンに、その教育係を務めることをアイナは了承した。

レグザスは、地面から足を離せるのはほんのわずかで、なかなか空を飛ぼうとしない。育ての親が人間なのだから、鳥の子育てのように飛ぶ様子を実践して見せることもできないし、飛べたとしても真っ昼間に森を出て人目に付くのはまずい。母親役のエドウィンは、監視が厳しくなると森に行くことが難しくなる。自由に動けるアイナがやった方がいい。時間を掛けて、よく言い聞かせて。

それは、レグザスにとってとても窮屈なはずだ。それでも竜がアイナたち人間と一緒に生きていくには必要なことだった。人に従わせるしかないのだ。たとえ森の中で生きるにしても、人を襲う竜を作ってはならない。

いつもは笑ってばかりのデュースも、今回だけはずっと沈んでいるようだった。

「エドはもう城から出られないのか？」

デュースは低い声でつぶやく。いつもエドウィンと一緒だったデュースだ。友人として悲しんでいるのが良く分かって、アイナは切なくなった。

「今は監視の目が厳しくなってしまったから……」

「……そうか」

「でもっ！　そのうち……そのうちなんとかなるかもしれません」

必死に声を上げるアイナだったが、デュースはただの慰めの言葉と受け取ったようだ。彼は小さく笑ってアイナの背中をポンポンと叩いてくれた。

一緒に歩きながら、彼がレグザスのことを話してくれる。

「俺とエドがこの森で卵を見つけたのはだいぶ前なんだぜ。ずっと化石だと思ってたんだけどな。今までなにをしても割れなかったのに、ついこの間だ。エドが触ったら割れてレグザスが出てきた」

「ついこの間？」

「ああ。えーと、半年ぐらい前か？　うーんと、確かアイナちゃんが来たぐらいだ。――あ！」

デュースが突然声を上げたので、アイナは驚いて飛び上がりそうになった。

「……そうだ。アイナちゃんが来たせいかもな。でも、まさかな」

うんうん、と頷きながらデュースがつぶやくが、声が小さすぎて、アイナには聞き取りにくい。

「え？　なんですか？」

「いや、なんでもない。……そうそう、レグザスの卵を見つけた時、他にもあと二つ卵があったんだよ」

「は？」

ニヤニヤ笑いだしたデュースの告白に、アイナが絶句する。

「も、もしかしてレグザスがあと二匹とか……」

「卵が孵《かえ》ればの話だけどな。今のエドならまた孵せるかも」

「ええぇ？　もしかして、あの左手で？」

「そうだな、あの左手だ」

ま、今は無理だな、とデュースはひとりごちる。

「子どもの竜一匹でも暴れるのを抑えるのは無理だ。エドのあの左腕の馬鹿力があったからなんとかなってた。でもさすがに複数なんて危険すぎる」

ぐずって暴れる幼いレグザスも、エドウィンの左腕なら簡単に抑えることができたという。

今更ながら、この怪力の竜を相手にすることに不安になった。

「あ、ちなみにこの空き地、レグザスとエドがやったんだからな」

「はい？」

「あいつら、どっちが早く木を倒せるか競争したんだよ。んで、その結果がこれ」

確かに、先日エドウィンに連れられて来たこの場所だけが、この森の中でぽっかりと空いていた。

よく見ると、木の根っこだけが二十ほど地面に突き刺さっている。

「私、死ぬかも……」

アイナは呆然としながらつぶやいた。

そこへ、遠くからアイナを呼ぶ声が聞こえてきた。振り返ってみると、向こうの方に籠《かご》を持ったバードがいる。手を振って応えると、バードはアイナたちのもとへ駆け寄って来た。

「はあ。ようやくお会いできましたな」

ニコニコと笑顔を浮かべながら、手に持っていた籠をアイナに手渡してくれた。

「これはマリアンヌが作ったサンドイッチです。それからこれがエドウィン様から持って行けと言われた苺で——おや、デュースもいたのですか？」

「……おっさん。それわざとか？」

「まさか。お二人が森に行っていると聞いてびっくりしましたぞ。不埒《ふらち》なことはしてないでしょうね？」

バードの言葉はもちろん質《たち》の悪い冗談だと分かったが。嫌な予感がして、アイナとデュースは顔を見合わせた。

「おっさん、エドになんて言われてここに来た？」

「はい？　ええ、お二人に昼食を持っていって欲しいと」

「……それだけ？」

「それだけですよ、アイナ様」

不思議そうに首を傾げるバードの背後で、黒髪の悪魔がニヤリと笑ったのが二人には見えた。

そして、バードの後ろから赤い影が走り迫ってくるのが目に入る。

「あんの野郎黙ってたな！」

デュースが叫んで、バードに飛びかかり、大声を出さないよう彼の口を押さえる。

「レグザス！」

アイナは竜の名を叫んで、ひとまずバードから興味をそらそうと走り出した。

だが、それはもはや遅すぎて。

なにごとかと慌てたバードの目に巨体の竜が飛び込んで来ると、彼は声にならない叫びを上げて失神した。


バードにレグザスを紹介できたのは、それから数刻後だ。

エドウィンがレグザスのことを何も伝えずにバードを送り出したことについて、バードは怒りに怒った。デュースは怒りを通り越してゲラゲラ笑っていたが、アイナはもはや怒る気力さえない。

レグザスはそんな三人の様子を不思議そうに眺めながら、苺を貪《むさぼ》っていた。

ようやく落ち着いたバードは、恐れる様子もなく、なぜかレグザスを楽しそうに撫で回す。

「アイナ様はこういうのがお得意なんですねぇ」

生温かい視線を向けられ、それを見たデュースはまた大笑いしたのだった。

10　魔女の弟子

半年後に行われる第一王子の結婚式のため、王都からはるか離れたこのエドナの街も大きく盛り上がっていた。そのまたひと月後には第一王子が国王となる戴冠式も控えているので、人々がお祝いムードに浮かれるのも当然なのだろう。

だが、そんな街の賑やかさがアイナを一層不安にさせていた。第一王子が王位を継いだら、第二王子であるエドウィンはどうなるのか。焦る気持ちを抱えて、アイナは心に決めたことを実行に移す。たった一度だけ行ったことのあるガフの店。あの時はジーナトクスとミハエルが一緒にいたが、今日は一人で店の前に立ったのだ。

店主の老婆はアイナの事を覚えていたようだ。きっちり三つ編みにした白い髪を揺らして、カウンター越しに笑顔を見せてくれる。

アイナももちろん彼女を覚えていた。なにせ、あのエドウィンを『坊主』と呼んだ人なのだ。どういう関係なのだろうと気になっていて、そのことが思わずアイナの行動を大胆にさせた。

「弟子入り、ってできますか？」

まるで、頭痛に効く薬ありますか？　とでも言うように前置きもなくいきなり聞いた。

店主はやはり驚いて、たっぷり時間をかけてアイナの顔を眺めていた。

「……本気かい？」

アイナがコクリと頷く。

「坊主に言われて来たのかい？」

「いえ、エドウィン様は知りません」

「ほ」

店主がくくっと喉を鳴らす。そしてまたじっくりと舐め回すような視線を寄こした。

「どうせ、これぐらいしか思いつかなかったんだろ？」

思わず「うぐっ」と声を呑み込む。図星だった。

そんなアイナをしげしげと見つめていた老婆は口の両端を上げ、そして「構わないよ」と言った。

一瞬アイナは耳を疑った。そんなに簡単に弟子入りを了承されるとは思わなかったのだ。

「調合師なんざ、訳ありの人間がなるもんだ。だから嘘で固めた理由はいらないよ」

アイナの気持ちを読み取ったかのように、老婆は笑って言った。

そして彼女は、「じゃあさっそく」とだけ言って店の奥へ一度引っ込み、そしてすぐに戻って来て一冊の本をずいっとアイナに渡す。

「ここには百種類の薬草が載っている。基礎中の基礎だ。三日後に全部集めて持っておいで」

三日で百種類の薬草。店主がサラリと告げた言葉にさすがに顔が引き攣《つ》った。これはもしかして弟子入りするための試験なのだろうか。そうアイナが考え込んでいると、さらに驚くことを言われる。

「ほぼ全部坊主のところの庭にあるはずだ。手伝ってもらって、薬草の名前、見分け方、使い方、効能を全部覚えな」

「え？　手伝ってもらっても良いのですか？」

「せっかくあの城に居るんだ。使えるものは全部使うのが近道だよ。坊主が協力するなら、アタシもお前さんも楽ができるだろ？」

それなら意外に早く百種類は揃うのかもしれない。ただし彼が協力してくれるのならば、だが。

レグザスのところに行くことを考えると、なるべく時間は節約したかった。薬草を覚えるのは、寝る時間を削ることで凌《しの》げるはずだ。やるしかない。

「がんばりますっ！」

気合いを入れて店主へ言う。そんなアイナを見た彼女は苦笑いした。

「弟子なんだから、お前さんの名前ぐらい聞いておこうかねぇ？」

今まで名乗りもしなかったことに思い当たり、アイナは慌てて名を告げた。

「アタシはマティルダ・ヨルン。店の名前のガフってのは旦那の名だ。とっくの昔におっ死《ち》んだけどね。よろしく頼むよ」

マティルダが皺の刻まれた小さな手を差し出す。

よろしく頼むのは私の方なんですけど？　と思いながら、アイナはマティルダと握手をした。

そしてマティルダは覚えるように何度かアイナの名を唱えて、ニィと笑う。

「アイナ、幸運に感謝するんだね。あの坊主の庭を持ってるんだ、このマティルダの知識を叩き込んで、お前さんをルシュターナ一の調合師にしてやろうじゃないか」

腕を組み、堂々と宣言したマティルダは、想像すらできない未来図にぽかんと口を開けた新弟子を見て、「ちゃんと勉強すればの話だよ」と呆れたように笑ったのだった。


もしかして自分はとんでもないところに弟子入りしてしまったのだろうか？

後悔は全くなかったが、アイナは困惑したままエドナ城へと帰った。

そしていつもと変わらない夕食が終わる頃。

「あの、突然で言いにくいのですけれど……」

「あ？」

「ガフの店に弟子入りしまして」

「……は？」

いきなりのアイナの告白に、エドウィンは手に持っていたカップからダバダバとハーブティをこぼした。バードが慌てて布巾《ふきん》を持ってくる。

「……調合師にでもなるつもりか？」

「そう、ですね」

「薬草の知識すらないだろ、アイナは」

「ええっと、それはマティルダさんから」

「うわあ……」

「うわあ？　あ、薬草についてはエドに協力してもらえと。調合についてはマティルダさんが教えてくれるからって」

「……調合師になることの意味、本当に分かっているのか？」

「もちろん……です」

調合師は薬草から薬を作るだけではなく、動植物や鉱物を精製して薬品を作り出す職業だ。毒薬や媚薬、時には爆薬を作る者もいて、一部の世界で重宝されるが医師や薬師《くすし》のように世に広く必要な存在ではないため、その数は少ない。逆にその知識と技術が仇《あだ》となり、疎まれたり気味悪がられたりすることもある。マリアンヌの幼い息子ミハエルがガフの店主を「魔女」と呼ぶのには、そういう背景もある。

「よくあの店主が了承したな」

「そ、そうなんですか？　今日行ったらその場で弟子入りさせてくれましたよ？」

もはや呆れて椅子からずり落ちそうなエドウィンの様子に、アイナは首を傾げた。


夕食後のエドウィンの態度は一体なんなのか？　アイナにはさっぱり訳が分からなかった。今日マティルダから渡された本を広げて、ベッドに横たわる。

そこには植物の絵とそれに対する解説文が載っていた。おそらく、薬師を目指す者などが使う初歩の教科書なのだろう。

アイナが本を眺めていると、その背後から急に腕がすっと伸びてきた。

「こっちがユズリ菜。この葉の形で覚えて」

自分の物ではない大きい人差し指が、植物の絵の一つを示す。アイナは言われたことを忘れないようにと、必死で本を覗《のぞ》き込んだ。メモを書き込むためのペンが欲しい。

「なんで調合師になんてなろうとするかなぁ？」

頭の後ろから呆れたような声が聞こえたが、顔を見られないのを良いことにアイナは薄く笑う。マティルダが言ったように、これしか思いつかなかったのだ。

城を出られないエドウィンの代わりとして国王の前に行こうと考えていた。だが、なんの力も持たないアイナでは、王宮は門前払いするだけだろう。知恵者として国に重用される可能性もある調合師ならば、そこに入り込む余地があるのではないかと思ったのだ。

でも、それを知ったらエドウィンは困るかもしれない。彼にはまだ言えなかった。


「百種類ねぇ」

翌朝、庭を歩くエドウィンは、本をパラパラとめくりながら面白そうにつぶやいた。隣にいたアイナはそんな彼を見上げる。

「あるんですか？　そんなに？」

「あるよ、もちろん」

当たり前だと答えるエドウィンに、アイナは目を丸くした。

「この本ね、俺も昔あの人からもらったから」

「マティルダさんに？」

「まったく、どういうつもりなんだか。うちの庭はあの人のものじゃないんだけどね」

「え？」

「本に載っている薬草がすべてここにあることを知って、君に持ちかけたんだろ？」

「確かに、そう言っていました」

「つまりねぇ。あの人は薬草を教えることに関しては、俺に全部丸投げなんだろうな」

「あ……」

使えるものは全部使え、と言ったのはマティルダだ。それは彼女自身への言葉でもあったのか。

「ガフの店主は結構有名な調合師だったって、アイナは知っていたのか？」

「……へ？　知りません」

びっくりするアイナを見て、エドウィンがニヤリと笑う。

「昔は有名だったらしいよ。俺もバードから聞いたことがあるだけだけど」

そんな人が、なんで辺境の地で小さな薬屋を営んでいるのか。きっと相当に不思議な人に違いない。

やっぱりとんでもないところへ弟子入りをしてしまったのだと、冷や汗が出た。

「あの人は無駄なことは一切やらないし、興味がなければ近づきもしないよ。だから……」

エドウィンが困ったような顔でアイナを眺めた。

「弟子にするなんて、アイナは一体なんでそんなに気に入られたんだ？」

アイナは「さあ？」と首を捻《ひね》った。それはこっちが知りたいぐらいだ。

城の裏手の薬草園は、いくつかの区画に分けられて種類ごとに植物が植えられている。

わさわさと盛大に生えている葉っぱから、枯れているように見える細い茎まで全部が薬草で、かなりの種類がある。これらを求めてわざわざ来る人たちがいることを考えると、きっと珍しい薬草もあるのだろう。マティルダがこの薬草園を高く評価するわけだ。

「俺は調合師のことは分からないし、薬師《くすし》にも興味はないけど」

そう言ってエドウィンが振り向き、笑顔を見せる。

「この庭の薬草は自慢できるから、ガフの店主が教えるのなら、アイナをこの国一番の調合師にしてあげられると思うよ？」

昨日別の場所で聞いたセリフを、今度はエドウィンが目を細めて不敵に告げる。

師と弟子は似るもの。

アイナは呆気に取られながら、マティルダの弟子はアイナではなく、目の前のこの人なのだということを理解したのだった。

11　失敗の連続

ガフの店に弟子入りして三週間ほど経った。調合師の師匠であるマティルダは実践を好むタイプのようで、小さな店のカウンターにアイナと並んでお喋りをしながらも、手だけはひたすら薬を調合していく。膨大な知識と経験を語る彼女に、アイナは付いて行くのが精一杯だ。

城に戻ったアイナは、いつも通りに森へ向かおうとしてエドウィンに引き止められた。

「バードは？」

「忙しそうでしたよ？」

「……一人で森に入るつもりか？」

「大丈夫ですよ。明るいですから」

微妙な顔をされたが、アイナがニコニコと、だがきっぱりと言うので、エドウィンもそれ以上は引き留めず、「行ってらっしゃい」と言ってくれた。

一人で森に入るのは初めてだ。明るい昼間でも木々の陰が深く、森の奥へ行くほど暗くなる。少し心細くなって、自然と早歩きになる。目的地まであとわずかのところで、アイナの耳が何かを捉えた。

森の中がざわついて、遠くからパキパキと小枝を踏みしめるような音がする。

大きな獣が走ってくるのが遠くに見え、アイナは思わず立ち止まった。

そしてその獣が狼だということが分かると、アイナは身体が動かなくなった。

なぜこういう時に限って狼に遭遇してしまうのだろう。一人で森に入ったことを一瞬で後悔した。

前に本で読んだ事を思い出す。狼に出遭ってしまったら逃げてはいけない。追うのは狼の習性だ。だけど、狼の群れに囲まれたらもう助からない。神様に祈るしかない。

急いでそばに落ちている太めの木の枝を拾う。これで身を守れるのかは分からないが、ないよりはましだろう。そして、狼の方へ向き直った。枝を握りしめる手ががたがたと震える。狼が群れでないことを願った。

あっという間に狼は目の前まで迫ってきて、その獣の瞳に慄《おのの》いた瞬間。狼はアイナの頭を飛び越して森の奥へと走り去っていった。

「……へ？」

見逃してくれたのだろうか。

狼が走り去った方向を見つめながら、アイナはその場にへなへなと崩れ落ちた。腰が抜けたのだ。

そこにパシンと枝の折れた音が聞こえ、そちらへ首を回した瞬間、アイナは今度こそ絶叫した。

巨体のレグザスがものすごい勢いで一直線に突っ込んできたからだ。

踏み潰される。

その瞬間、レグザスもアイナを飛び越えて、そしてそのままアイナの後ろで木にぶつかってドスンと落ちた。

竜に激突された木は、周りの木を巻き込みながらめきめきと音を立ててゆっくり倒れていく。

レグザスはムクリと起きあがって、呆然としているアイナの頭に鼻先をくっつけてきた。

『おとうしゃんだいじょぶ？』

「レ、レグザスこそ怪我は？」

『だいじょぶだよー』

竜を見ると、その体には傷ひとつなく、ただアイナに会えたことに嬉しそうに笑っている。

「レグザス、あなた狼となにをしていたの？」

『おいかけっこ』

「……狼さんはお友達、なの？」

首を傾げたアイナの問いに、レグザスも不思議そうに首を曲げた。

『さっきあったばかりなの』

走り迫る狼の瞳の中にアイナが見たものは、恐怖の色だった。

森にいた狼はレグザスと遭遇してしまい、無邪気なこの竜に追いかけ回されたのだろう。

『またあそべるかなぁ？』

レグザスはそう言うが、あの狼は二度と近寄って来ないだろうな、とアイナは思った。

「それよりも、あなたは飛ぶ練習をしなくちゃでしょ？」

『はーい』

あまり元気な返事ではない。実際、レグザスの飛ぶ練習は一進一退だった。さっきアイナを飛び越したのはその成果の表れだろうが、翼が未発達なせいか長い時間飛び続けられないのだ。

今日はバードもデュースもいないから、アイナはずっと心に決めていたことをレグザスに告げた。

「飛べるようになったら、お父さんを背中に乗っけて、お母さんに会いに行こうね」

レグザスが金色の瞳で見つめてくる。

『ほんとう？』

「約束ね」

『うん！　おとうしゃんとやくそく！』

バードが聞いたら青ざめそうな約束だ。

そして昨日買ったばかりの馬用の手綱を鞄からひっぱり出して、レグザスの首に掛ける。

本当は、レグザスに手綱を付けることには躊躇《ちゅうちょ》していた。レグザスを馬のように扱いたいわけじゃない。けれども、飛べるようになったら人を乗せられるようになってほしいと、アイナもエドウィンも思っていた。だから手綱は一番柔らかい革を選んだ。レグザスの体に合わせた一番長いものだ。

「痛くない？」

『いたくないよ！　かっこいい？　かっこいい？』

気に入ったのか、鼻先で革ひもを引っかけて眺めている。

「背中に乗ってみようかな……」

アイナは言ってはみたものの、うーんと首を捻《ひね》る。

馬にだって乗ったことはない。乗り方すら分からないのに馬の倍はある竜に乗れるのだろうか。

そう迷っていると、レグザスが犬のように体を伏せて、尻尾を回してきた。

『おとうしゃん、しっぽからのぼってっ』

そろりと足を掛ける。レグザスの尻尾がとんと持ち上がって、アイナを一気に背中へ押しやった。

馬の背ならば跨《また》がるところだろう。だがレグザスの背は大きくて、アイナの身体では跨るというより荷物のように乗せられている状態だった。

手綱をぎゅっと握ると、レグザスはゆっくりと起きあがって前へ進む。

「お、重くない？」

がくがく揺れながらレグザスに聞く。

『おかあしゃんよりかるいよ』

「え？」

『まえにね、おかあしゃんものせたの。デューがいっしょでもだいじょぶなの』

自慢気に話すレグザスに、アイナは思わず微笑む。

すでにあの二人はこうやってレグザスの背に乗っていたのか。二人と一匹でどんな話をしていたのだろう。想像したらなんだかにやけてしまった。

「レグザスは飛ぶ練習をして、お父さんはレグザスの背中に乗る練習をしなくちゃね」

レグザスの歩く動きに合わせてアイナの身体もぐらぐらと揺れる。余計なところに力を入れてしまうようで、乗っているだけなのに意外に疲れてしまった。


夕方前にアイナは城へ戻った。レグザスの背中に乗ったせいで、脚が疲れてフラフラだ。

そんなアイナを見たエドウィンは、さらにスカートが泥だらけなのを見て怪訝《けげん》な顔をする。

「どうしたんだ、それ？」

「え？　あ、レグザスが」

「なっ！　レグザスに襲われたのか!?」

エドウィンが声高に聞いてくる。

「ちがっ、違います。狼が走って……」

言ってから、しまった、と思った。みるみるうちにエドウィンの顔が険しくなる。

「狼だぁ⁉」

「ただびっくりしてしゃがんだだけです！」

それではなんの言い訳にもならない。はあぁ、とエドウィンに深い溜息をつかれた。

「……アイナ、昨日のことも黙ってたね？」

なんのことか分からずエドウィンの顔を眺めていたが、彼が頬を引き攣《つ》らせるのを見ると、アイナは思い出して青ざめた。

昨日、ガフの店を出た先で二人の男にナンパされて、そこをたまたま通り掛かった御者に助けてもらったのだ。

「見ていたんですか⁉」

「……見てないよ」

「えええっ⁉　じゃあなんで知って……？」

「あの人が来て、それはそれは楽しそうに喋っていったぞ」

「あの人？　……ええっ⁉　どうしてここに？」

マティルダがこの城まで来たらしい。それは驚きだ。

「薬草を根こそぎ持っていった。アイナに教えるからとかなんとか」

薬草なんてただの口実だろう。たぶん、間抜けなナンパ話の告げ口と、それを聞くエドウィンの顔が見たかっただけだ。きっとそうに違いない。次にガフの店に行ったらどうしてくれよう、とアイナは思案したが、エドウィンの言葉で中断させられた。

「アイナ、森へは一人では行かせないよ？　なんならガフの店にも馬車で送り迎えさせようか？」

「勘弁してください。……ごめんなさい」

一人で危険な森に行ったのは確かに悪い。ナンパについても心配を掛けまいとなにも言わなかったことが結局裏目に出てしまって、エドウィンに申し訳なかったと思う。ただ、これでは一人ではなにもできないことを証明したようなものだ。アイナはがっくりと肩を落とした。だが、やつ当たりなのは分かっていてもエドウィンに言いたかった。

「せっかくレグザスと二人きりだと思ったのにっ」

エドウィンは片眉を上げ、それ以上はなにも言わなかったが、夕食の時には、〝森へは一人では絶対に行きません〟という念書まで取られてしまい、アイナはさらにうなだれた。


そんな失敗が続く時は続くもので――

「アイナは……城を壊す気か？」

ある日の朝、アイナの部屋の前で、開け放たれた扉の向こうをまじまじと見つめたエドウィンが、ぽつりと言う。そんな気は毛頭《もうとう》ないが、現状が現状だったので「ごめんなさい」としか言えなかった。

そしてアイナも、エドウィンの隣で目の前の光景に呆然としていた。

天井と壁は全面が黒く煤《すす》け、バルコニーに通じる大きな窓はなくなっており、そこから少し強い風が吹きこんでいた。カーテンだったと思われる布切れがひらひらと舞う。

ここはエドナ城でアイナに与えられた部屋だったのだが、今や無残な姿になり、焦げた臭いが鼻をついていた。部屋がこうなってしまった原因はアイナにあって、その理由は単純だった。

火薬の量を間違えたのだ。

危ない、と思った瞬間、とっさに机の下へと入り込んだ。それが幸いしてアイナは手の甲と指に軽く火傷《やけど》を負うだけで済んだのだ。

アイナが驚いたのは爆発よりも窓が吹き飛んだ音の方で、それは城中に響き渡り、エドウィンとバードがなにごとかと駆けつけた。

最初エドウィンもバードも、賊かなにかが襲撃してきたのかと青くなったが、机の下からアイナが這い出してくるのを見てさらに真っ青になった。

その後この惨状の原因がアイナにあると分かった時は、エドウィンは頭を抱え、バードは目を見開いた。

エドウィンが小さく溜息をついて、「怪我はないのか?」と尋ねる。

アイナは手の火傷をちらりと見たが、「大丈夫です」と答えた。それから改めて先ほどの出来事を思い返して、冷や水を頭から被せられたような気持ちになる。

ひとつ間違えば死ぬところだったことを思えば、怪我なんて大したことではない。下手をすれば、この城が火だるまになって、エドウィンやバードも巻き添えにしていたのかもしれないのだ。

さっと血の気が引いて、膝ががくんと揺れた。そのまま腰が落ちる。

「わっ……アイナ、大丈夫か!?」

エドウィンが支えようと慌ててアイナの手首を掴んだ。だがアイナは立ったままでいられず、そのまま座り込む。

「ご……ごめんな……さい」

息が苦しくなって俯《うつむ》いた。あまりにも浅はかな自分の行動に泣きたかった。

すると、力の入らない身体がずいっと持ち上がり、エドウィンに横抱きにされる。アイナの顔のほんの近くに彼の顔がある。エドウィンは困った顔をして、はぁと溜息をついた。

「今日はガフの店に行くんだろ？　それまで休んでろ」

アイナは返事ができずに、身体を彼に全部預けた。

そのまま階段を上り、エドウィンの部屋のベッドの上に降ろされる。

「大丈夫か？」

問われてコクリと頷くと、アイナの頭をクシャッと撫でてエドウィンは部屋から出ていった。

アイナは、ばさりと布団を頭からかぶって、暗い中でぎゅっと目を瞑《つぶ》った。

ガフの店でアイナは今日の失態を報告したが、店主は、「で？」と言っただけだった。

今のマティルダは、アイナが火薬の量を間違って命もあわやだったことには興味がなく、さっき作り方を教えたばかりの、目の前にある薬の方が重要らしい。

「アイナ、城のことなんぞより、この薬を試すことを考えな」

「い、嫌です。この薬だけはちょっと……」

「なんでだい？」

なんでってなんで聞かれる⁉　アイナは頭を抱えた。

「ちゃんと作れたのか試して確認することは必要だろうに」

「……じゃ、じゃあ、毒薬も作ったら自分で試すんですか？」

「それは自分じゃなく他人で試せるだろ？」

それも試すのか。もはやアイナはマティルダの思考についていけない。

「ならば、この薬も他人で試せばいいじゃないですかっ」

「……アイナ、他人が試したとして、お前さんはその現場に立ち会うのかい？」

言葉を詰まらせるアイナの目の前に、マティルダがゆっくりと瓶をかざす。

「いいかい、これは秘薬だ。世間には滅多に出ない代物だから、欲しがる輩はたくさんいる。これを使えば女は三日三晩善《よ》がって男を狂わす。試すんなら相手がいる今のうちだよ」

迫るマティルダに気圧《けお》されながらも、恨みがましい目で瓶に入った媚薬を見つめた。

「絶・対・に嫌ですっ」

きっぱりと告げると、マティルダは「チッ」と舌打ちをした。

アイナは呆れながらも口を開く。

「試さなくてもレシピ通りに作ったんだから良いじゃないですか」

「ほ。火薬の量を間違ったお前さんが言うのかい？」

マティルダがニィと口の両端を上げて笑う。

反論できずに口をパクパクさせるアイナを見て、マティルダはやれやれと息をついた。

「お前さんに城を吹っ飛ばすほどの火薬を渡したかねぇ？」

「……城じゃなくて部屋です。部屋がひどいことに」

「ああ、それなら想像がつく。量はどれぐらいだった？」

「五リングスでした」

「そうだろうね。あの城を吹っ飛ばすのにはその量じゃあ足りな過ぎるだろ」

そういう問題ではない、とアイナは思うが、マティルダの考えは違うらしい。

「分量はちゃあんと覚えておくんだよ。これも実践の成果だ」

「し、死ぬかもしれなかったんですよ⁉」

「だがお前さんは軽い火傷《やけど》で済んで、城も吹っ飛んだわけでもなく、坊主たちも無事だったんだろ？

それでなにが問題なんだい？」

ケロリと言ってのけるマティルダに、アイナは困惑した笑顔を返すしかなかった。

マティルダがアイナの手を取って、怪我の具合を確かめる。

「火傷用の薬は塗ったのかい？」

「はい。先ほど作ったものを」

「もう作り方は覚えたね？」

「はい」

マティルダは棚から薬と包帯を出して来る。アイナの手と指全体に薬を塗って、細く裂いた包帯をゆっくりと指に巻きつけてくれる。

「アタシが、火薬の量を間違ってアルフォードのあのバカでかい教会を爆破したのは、もうだいぶ昔の話だからねぇ」

アイナが驚いて目を瞬《またた》かせたのを見て、マティルダがにっこりと話し出す。

「長ぁい塔が折れちゃって教会に突き刺さった時の、あの司祭のまぬけ面は今でも忘れられないよ。あの時アタシは、八百五十リングスの火薬を無駄にしたんだ。おかげでアルフォードの街には居られなくなっちまったからね」

アイナは思った。マティルダは火薬の量をきっと『わざと』間違えたのだ。彼女の過去にはとんでもないものが埋まっていそうだが、それを発掘する勇気はさすがにない。

マティルダは、アイナの五本の指それぞれに丁寧に包帯を巻いてくれた。さらに甲にも包帯を巻く。

「お前さんも馬鹿な子だ。調合師なんぞ目指すから辛い思いをする。そのうち、アタシみたいに追い出されるかもしれないねぇ」

「……それでも私はなりたいんです」

アイナの言葉にマティルダがくつくつと笑い出す。

「それでも？　あの坊主のためにかい？　それとも自分のためにかい？」

マティルダを見つめる。最初はエドウィンの力になれるのではないかと思ったのだ。だから調合師になることを選んだ。だけど今は、調合師になると言って彼に迷惑をかけてばかりだ。

これは自分のためだけの、単なる我儘《わがまま》でしかないのか？

それでも、違うと言いたかった。

「……多分、どちらのためにも」

包帯を巻くために下を向いていたマティルダが、ふっと笑う気配がした。

「ああ、お前さんはホントに欲深いねぇ。だけどその欲深さが調合師には大事なんだよ。力が必要なんだろう？　もっと欲しがりな」

マティルダが嬉しそうに目を細めて、「ほらできた」と包帯で巻かれたアイナの手を掲げた。

「大袈裟《おおげさ》じゃないですか？」

あまりの痛々しい見た目に、アイナが眉をひそめる。そんなにひどい火傷ではないのに。

「お前さんも今日ぐらいはゆっくり休みたいだろ」

そう言ってマティルダは包帯が巻かれたアイナの手を見て、ニィと笑った。


マティルダとのやり取りが長引いたので、城に帰るのが遅くなった。

部屋に戻らずそのままなだれ込んだ夕食の席で、エドウィンとバードが壊してしまった部屋の相談をしていた。

「修理はどうするんだ？」

「明日、マリアンヌを遣いに出します。さすがに職人が要りますねぇ、あれは」

それからバードがアイナへ向き直った。

「クローゼットは無事でしたので、そのままで問題ありません。ですが天井と壁、あと窓は修理が必要ですね」

アイナは神妙に頷く。とりあえず服は大丈夫。それは幸運だったと思う。

「失礼かとは思いましたが、お荷物は新しいお部屋へ運ばせていただきました。修理が終わるまでは辛抱してくださいね」

「……ありがとうございます」

アイナは申し訳ない気持ちでいっぱいになる。あの広くて居心地の良い部屋は自分には立派過ぎるくらいなのだ。小さい部屋で構わない。

食事の片付けを終えいつも通り部屋に戻ろうとして、アイナは廊下の途中で立ち止まった。いつものように自分のあの部屋へ足が向いていたことに苦笑いする。バードが用意してくれた新しい部屋に向かおうとしたが、はたと気づく。

「部屋ってどこ？」

バードに聞くのを忘れていた。

仕方がないので、部屋をひとつひとつあたることにする。すぐに見つかるだろうと、三つの客間と物置部屋の扉を開けたが、どこにも自分の荷物が見当たらなかった。

そして、最後に訪ねたエドウィンの部屋の扉を開けると、部屋の真ん中にアイナの荷物が鎮座していた。その奥で本を読んでいたエドウィンが、「意外に気づかないもんだな」と呆れたように声を掛けてきた時には、アイナはその場にへたり込みそうになった。

「……良いのですか、これで？」

「構わないよ。バードも気が利くだろ?」

意地悪そうに笑うエドウィンを見て、二人に嵌《は》められたことを知る。

エドウィンと一緒に居られるのはもちろん嬉しい。でもやっぱりまだ気恥ずかしいのだ。

何度か共にしたベッドも、そこが毎日寝る場所になるというのはなんだか不思議な気分だった。

ベッドの上で二人横になりながら、エドウィンがアイナの包帯だらけの手を取って小さく眉根を寄せる。その手を眺めながら、「今日はなにもしないよ」とエドウィンが言った。

マティルダが、どうしてこの手を包帯でぐるぐるに巻いたのか。それがようやく分かって、アイナは思わず笑ってしまった。

媚薬も手の包帯の事も格好のからかう材料で、先日城に来たマティルダにはすべてお見通しだったのだろう。

「マティルダさんって、実はものすごい魔性の女かも知れませんよ?」

「……それは想像できないんだが」

エドウィンは、不思議そうにアイナを見つめた。

そして、お互いの吐息がかかるぐらいまでくっつく。今日一日いろいろとあり過ぎたアイナはもう目を開けていられなくなって、そのまま眠りに落ちていった。

12　お薬の時間

新国王の戴冠式まで、あと三か月を切っていた。

アイナのもとには、なぜか父からの手紙が頻繁に届くようになっていた。その返事を書く前に次の手紙が届いたりすることもある。そして、その内容もアイナが首を傾げるものばかりだった。エドナのことと王都のこと。それから王宮での父の仕事のこと。会議の内容が書いてあることもあり、手紙の存在を知られたら反逆罪に問われるのではないかと心配になる。

そして、以前は「早く帰っておいで」と心配する一言があったのに、それも書かれなくなっていた。父が何故こんな手紙を寄こすようになったのかは分からなかったが、王宮の様子を知るありがたい情報源でもある。手紙の内容について、エドウィンと二人で話し合うことも多かった。


昨日からずっと、温かい雨がしとしとと降っている。

夕食を終え、夜の静けさが訪れた食堂で、アイナは、「よしっ！」と気合いを入た。

城にあるカップをすべて持ちだして、テーブルの上に置いていく。形も色もばらばらのティーカップやマグカップに、乾燥させた薬草を入れて湯を注《そそ》いで蒸らしていくと、色とりどりの薬茶ができあがった。それぞれのカップから薬の香りが広がっていく。

行儀悪く椅子の背もたれを前にして跨《また》がったエドウィンは、そんなアイナの様子を眺めていた。

「マティルダさんからの宿題なんです。作った薬は味見しなさいって」

手元に書き込みのあるノートを広げて、彼に見せた。

「あの人らしいね。これ、全部飲むの？」

「味見するだけですよ」

これだけの量をすべては飲めない。舐める程度にして、香りと味を覚えればそれでいい。

「毒は入ってないんだ？」

面白そうな顔をしてエドウィンが聞いてくる。

「……入れていませんよ」

「うん。今見ていたから知ってる」

「私を信じていませんね？」

アイナが苦笑する。薬草については、エドウィンの方がはるかに知識は上だ。カップに入れた葉や実がどんな植物か、すぐに分かったのだろう。

エドウィンは、こうして根気よくアイナの勉強に付き合ってくれる。

「これは胃薬か。で、こっちは痛み止めかなぁ？」

エドウィンも一般的な薬草の効果なら知っている。カップを指して当てていくので、答え合わせをするようにアイナもノートに書かれた文字をなぞった。それからカップに鼻を近づける。まるで犬にでもなったような気がするが、そのまま少し飲んでみる。いくつかの薬は子どもの頃に飲んだ懐かしい味がして、自然に笑みがこぼれた。

「にがーっ」

今度は舌の奥が痺《しび》れるようなひどく苦い味がする。口をこわばらせて急いでノートをめくった。

「……ぷっ。あはははは」

そんなアイナの表情を見て、エドウィンが笑う。

苦さで唾液が次々と溢れてくるのでぎゅっと口を閉じたまま彼を睨み、それから水をあおった。

「エドも飲んでみればいいんです！」

「やだよ、そんなまずそうなヤツ。こっちはいい匂いだけど」

エドウィンが隣のカップに手を伸ばして飲む。

「これはうまいね」

それを聞いて、アイナはノートに書いてある言葉を高らかに読みあげてやった。

「マティルダ特製！　ひどい生理痛を和らげる痛み止め」

「……はは……生理痛……」

エドウィンが頬を引き攣《つ》らせてカップの中を覗《のぞ》き込む。

ノートに書いてある文字はアイナのものではなくマティルダの筆跡で、可愛らしい絵まで添えられていた。いつの間に書いたのか、と彼女に驚きつつも呆れる。

マティルダは、一から暗記することよりも効率の良さをアイナに求める。覚え方も記憶に残る方法を教えてくれる。年齢に似合わぬマティルダの可愛い行動は、確かに忘れがたいものだった。

薬を舐めることに飽きてきたアイナに気づき、エドウィンが少し意地悪そうな笑顔を向けた。

「よし。じゃあ俺もテストしてやろう」

「テストですか？」

「うん。ちょっと用意してくる」

そう言ってエドウィンは食堂から出て行き、しばらくしてティーポットを持って戻ってくる。

「さて、これは？」

エドウィンがポットのふたを開けて、アイナの顔の前に持ってきた。

「……な、なんか黒いんですけど……？」

黒っぽい鈍い色の液体で、香りはない。アイナが眉根を寄せじっと考え込んで首を傾げる。

「あれ？　分からない？　これだよ」

今度は一枚の葉を差し出した。そして空いたカップに謎の液体を注《そそ》いで、エドウィンは自分で飲む。しげしげと葉を眺めるアイナを見て、今度はエドウィンが眉間に皺を寄せ、「零点」と言った。

うっ、と言葉を詰まらせる。

「エルガリアの葉」

エドウィンはそれだけ告げる。どこかで見たか聞いたような名前だ。アイナは小首を傾げて記憶を手繰《たぐ》った。そしてそれが、今日図書室で見た本の中にあったことを思い出す。

「あ」と声を上げて、アイナは部屋を飛び出し二階へ駆けていった。

エルガリア、エルガリアって……！　エドウィンの言葉を反芻《はんすう》しながら、図書室の本を引っ張り出す。二冊目をめくって探していた項目を見つけると、そのまま本を抱えてまた食堂へと向かった。

はあはあと息を上げて戻ってきたアイナは、呆気に取られた顔でエドウィンを見つめる。

「……飲んで、いたんですか」

「うん」

「エルガリアって、避妊の薬……」

アイナがさらに「だって……」と次の言葉を続けようとするが、躊躇《ちゅうちょ》する。

「うん。これも飲むし、中でも出さないよ」

アイナが口に出しては言えないことを、エドウィンが代わりに言った。

「アイナが困るでしょ」

それだけ言って彼がふわりと笑うと、アイナの顔に一気に熱が集まってしまう。

「で、でも、エルガリアは希少種なんですよ？　なんでこんなところにあるのです!?」

「え？」

今度はエドウィンが不思議そうに首を傾げた。

「これは城の裏にわさわさ生えてるけど」

「わ、わさわさ!?」

「あ！」

今度はエドウィンが声を上げる。

「ホルスだ……」

額に手をやりエドウィンがつぶやく。

「昔、ホルスが持ってきたんだよ。それで庭に植えたら育った。日陰でしか育たないし、かなり肥料を食う難しい植物だとは思っていたがなぁ……」

本を開いてエルガリアの項目を見れば、確かにそこには『入手は困難』と書かれている。

アイナはこの状況に、もはや驚きを通り越して呆れるしかない。

「……うちの庭はホルスのものではないんだが。……あの色魔め」

エドウィンはこの植物が希少種であることに興味はないらしく、ホルスへの文句をブツブツとつぶやいていた。

ふと、アイナが思いついたことを言ってみる。

「エルガリアって、きっと欲しがる男の人多いですよね？」

「え？　……ああ、ホルスだってそうだったんだしな。男の夢か」

「……それって売れます、よね？」

「あ？」

アイナの言葉に目を瞬《またた》かせたエドウィンが、笑い始める。

「じゃあ量がもっといるな。相当売れると思うぞ」

エドウィンは、なおも可笑《おか》しそうにくくと喉を鳴らしていた。

「試しにこれも飲んでみる？」

彼が冷めたカップを掲げて聞く。

「私が飲んでも大丈夫ですか？」

「女の人が飲んでも、効果も副作用もないと思うけどねぇ」

彼がまた一口飲んでカップを差し出す。アイナが手を伸ばすと、突然その手首を掴まえられた。

「え？　う……ゃ!?」

引き寄せられてそのまま口づけされる。口の中に薬を流し込まれた。

コクリとアイナの喉が鳴って、液体はゆっくりと胃へ落ちていく。

「味は？」

そっと唇を離して、エドウィンがアイナに聞いた。

「甘あっ……」

「それだけ？」

「……とにかく甘すぎ」

アイナが顔をしかめて答える。確かに甘かった。だがなにも香りがなくただ甘いだけ。味のない濃い砂糖水を飲んでいるようなものだった。おいしくはない。

アイナの微妙な表情を見て、エドウィンがふっと笑みをこぼす。

「美味しくはないけどね……」

そう言ってエドウィンがアイナを抱え上げて、自分の左腕に座らせた。

「でもたくさん飲むから、いっぱいして？」

濡れた瞳の笑顔で見上げられて、アイナはまた顔が熱くなった。

エドウィンがもし犬だとしたら、ピンと耳を張って尻尾を振っていることだろう。

このまま彼の部屋に連れて行かれそうだ。

「でも」とアイナは部屋の真ん中に顔を向ける。

「あれは片付けないと」

エドウィンもつられて振り返る。テーブルの上には、大量のカップと散らかった薬草の残骸。

「バードさんに朝から怒られたくないですし」

「……確実に朝早くに叩き起こされるな」

アイナの目には、エドウィンの犬の耳と尻尾がペタリと伏せられたのが見えた気がした。

「じゃ、片付けるか」

エドウィンがアイナを腕から降ろして、そのまま腰に手を回して引き寄せた。

「片付けが終わったら、ね」

耳元で囁《ささや》いてアイナを離すと、そのままテーブルの上のカップをトレイに載せていく。

そんな彼を見送って小さく息を吐く。どうせ明日も雨なのだ。少しの寝坊くらい許されるだろう。

アイナは今日何度も火照《ほて》った顔に手をやって、それからテーブルに駆け寄り片付けを始めた。

13　私の為にあなたの為に

よく晴れた日の昼、アイナとエドウィンはいつも手入れをしている庭に向かった。

ぱちんぱちんと鋏《はさみ》を鳴らしてエドウィンが薔薇の枝を切る。それから左手の鉤爪《かぎづめ》を器用に使って茎をしごくと、刺《とげ》が取れて地面に落ちていった。そうして出来上がる薔薇の一輪一輪を、ひょいひょいとアイナに手渡していく。あっという間に、アイナの腕の中には花束にもできそうなくらいの量が溜まった。

「これ、レグザスが全部食べちゃうんですよねぇ？」

あまりにもきれいな薔薇なのでもったいないと思いつつ、エドウィンに聞く。

「どうやら花は甘くてうまいらしいぞ」

エドウィンも首を傾げつつ答え、「薔薇なんて美味いのかねぇ」とひとりごちる。

そこにデュースがいつものようにやって来た。アイナの手に抱えるほどの薔薇の花があるのを見て、やはり「もったいねぇなぁ」と声を洩らした。

「まあ、たくさんあるからな」

エドウィンの言葉に、アイナは庭を眺める。

薔薇はこの庭でもかなりの面積を占めていた。アーチに巻き付いたり、城の壁に蔓《つる》を伸ばしたりする薔薇もある。

色とりどりに咲き誇り、甘い香りを漂わせる薔薇に囲まれると、花を愛でるには本当に良い季節になったと、アイナはこの美しい庭に見とれた。

エドウィンを城に残し、レグザスのもとへ向かう道すがら、アイナはひとつの決心をしていた。

花束を肩に担いで隣を歩くデュースに、アイナが秘密を告げる。

「エドを驚かせてあげたいから」

くすりと笑うアイナを見て、デュースも笑う。

「俺もあいつの驚く顔を見たかったんだけどな。今回はアイナちゃんに譲ってやるよ」

「……ありがとう」

デュースの素直な本心に、ちくりとアイナの胸が痛んだ。

「じゃあ、アイナちゃんはガフの店に行ったってことにすればいいんだな」

「お願いします。遅くなりますから」

「なら、レグザスからは絶対に離れるなよ。でないと俺がエドに殺されちまう」

アイナは苦笑いしながら頷く。この森で一人になる気はもう無い。

「じゃ、取引成立な。こっちからの条件は考えておくよ」

デュースはニヤリと笑い、契約の証《あかし》としてアイナと握手をした。

森で待っていたレグザスに薔薇の花を差し出すと、竜は『おやつ！』とはしゃぐ。

前足で束を掴み、口と舌で薔薇の花をもぎ取り食べていく様をアイナはじーっと眺めていた。

「おいしいの？」

分かっていながらつい聞いてしまう。

『おいしいのっ！　おとうしゃんはたべないの？』

「……食べない」

そうしてレグザスは、茎と葉もすべて食べてしまった。座って眺めていたデュースが苦笑する。

「お前、飛んで行けるようになっても、エドの庭だけは手を出すなよ」

デュースがレグザスを見る目はとても優しい。

アイナは少しだけ目を細めて、デュースの言葉を頭の中で反芻《はんすう》していた。


暗くなった森の中で、レグザスとアイナは二人だけで向かい合っていた。

レグザスの金色の瞳も、この森の闇の中で今は見えない。

今日は新月だ。竜が飛ぶ姿がより人目につかないようにと用心して、この日を選んだ。

『まだかな、まだかな』

もうレグザスはずっとこの調子で、わくわくしながら飛び立つ準備をしている。

「約束したものね。お母さんを驚かせてあげなきゃね」

『うん、やくそく。おとうしゃんをのせておかあしゃんにあいにいくの』

ころころと無邪気にレグザスが笑う。

『あのね。おかあしゃんともずうっとまえにやくそくしたの』

「え？　どんなこと？」

『おとうしゃんをまもりなさいって』

そう言ってレグザスがまた笑う。アイナは息を呑んで、撫でていた手を止めた。

「……そう。優しいのね、レグザスは」

アイナはそっとレグザスの体から手を離す。

「でも、そうしたらお母さんは誰が守るんだろうね？」

つぶやく問いに竜がどう答えたかは分からない。ただクルルルと喉を鳴らす音が聞こえた。

「行こう、レグザス」

声を掛け、竜の背中に上って手綱を握る。すぐにばさりと翼が広がる音がして、ほんの一瞬だけ腰が下がる。そしてレグザスが強く後ろ脚を蹴り上げた。

「きゃあ！」

激しく身体が揺れて、思わず手綱を強く引っ張って顔を伏せる。

向かい風に押されて身体が持ち上がったが、それもすぐに収まった。

そっと顔を上げるとうっすら遠くの山々が見え、下には暗い森が広がっている。

「レグザス！　すごい！」

アイナが思わず歓声を上げると、レグザスも嬉しそうに笑っているのが伝わってくる。

風の流れる音とレグザスが羽ばたく音だけが聞こえ、空の上というのは案外静かなものなのだとアイナは知った。

ゆっくりと空を旋回する。エドナ城は森から近いので、あっという間に見つけることができた。

「あの建物よ。近づける？」

アイナが尋ねると、レグザスが、『だいじょぶ』と答える。

そしてアイナは、城の二階の窓を指し示した。窓からこぼれる明かりで、部屋の主が中にいることが分かる。何度か部屋の前を往復して飛び、翼の送る風で窓を揺らすと、なにごとかとエドウィンが顔を出した。

『おかあしゃん！』

レグザスがアイナにしか聞こえない歓喜の声を上げる。目を丸くして驚く彼に少し笑った。

「レグザス、あっちの地面に降りよう」

アイナはレグザスを城の裏側に誘導する。

着地は少し失敗した。勢いの止まらないレグザスだったが、後ろ脚と尾で踏んばってようやく止まる。レグザスの首にしがみついたまま安堵の溜息をつくと、『ごめんなさい』と謝られた。

そこに、部屋から急いで出てきたエドウィンが駆けつけ、嬉しそうに竜の首を掻き抱く。

「レグザス！　飛べたな！」

『おかあしゃん！』

踊るようにじゃれ合う親子は微笑ましいが、背中に乗ったままのアイナは揺れて目が回った。

そして、エドウィンがまるで子どものように目を輝かせ、「乗せてくれ！」と言うなり、アイナの後ろに跨《またが》る。

レグザスは再び飛び立った。

手綱を二人で握り、アイナはエドウィンに後ろから抱えられるようにして森の上を低く飛ぶ。

まだ乗り慣れないレグザスの背中で、二人はずり落ちそうになりながらも笑い合っていた。


森の寝床へ戻っていくレグザスを二人で庭で見送りながら、アイナが囁《ささや》くように言った。

「私一人でもレグザスに乗れましたよ？」

「ああ、そうだな。びっくりした」

エドウィンが、「やられた」と言って笑顔をアイナに向けてくれる。

アイナはそんな彼の目を覗《のぞ》き込み、そしてゆっくりと口を開いた。

「だから……私一人でも、王都に行けるんですよ？」

一瞬の間をおいて、エドウィンの笑顔が凍りつく。

「……な……にを」

徐々にエドウィンの顔から表情が消える。二人を包む空気だけが冷たくなる気がした。

「エド」

そっと彼の名を呼ぶ。

「一人で王都に行こうと？」

エドウィンはそれには答えず、ただアイナを見ていた。

「私を置いて？」

「……」

「帰って来ないつもりでしたか？」

「……違う……っ！」

エドウィンが絞り出すような声を上げた。

王宮が第二王子の処遇を決めて、エドウィンが今まで通り変わりなくこの城に幽閉されることになっても、レグザスとアイナの存在がある。空を自由に飛ぶ竜と、城に居座り子を成すかもしれない女——それだけで今までと同じ扱いを受けるとは思えない。

王宮はエドウィンを城から追い出すだろうか。ほんの少しの兵を向ければ簡単にできることだ。

今の国王が退位すれば、エドウィンと国王の交わした契約は白紙に戻る。それを王宮や第一王子は狙っているのだろう。

だけど、レグザスに乗って第二王子が乗り込んだらどうなるだろう？

王位継承の間隙《かんげき》を狙うのはエドウィンだって同じなのだ。

別に、復讐したいわけじゃない。

生きる場所が欲しいだけだ。


アイナが宥《なだ》めるようにエドウィンに言う。

「私を貴方の遣いとして、王宮に送ればいいのです。今の国王との契約のままエドが城から出なければ、国に逆らう意志はないという証《あかし》になります」

「……駄目だ」

「なぜ？」

「アイナが行く理由がないだろう？」

「ならばエドが行けば全てうまく収まるのですか？　第二王子の貴方なら？　差し出すのはレグザスですか？　貴方の首ですか？」

アイナの言葉にエドウィンの黒い瞳が揺れる。

「私はただの女ですから、ひどい目に遭わされることはありませんよ。なりたての国王ならなおさら、周りの評判を気にするでしょう？」

なんの権力もない落ちぶれた貴族の娘など、殺す価値はない。

これがエドウィンならば、王宮は刃を砥《と》いで喜んで迎えるだろうけれど。

「国王に謁見することなどできないだろう、ただの女に」

エドウィンが呆れたような顔をしたから、アイナはそっと口の端を上げて見せる。

「『この国一番の調合師』」

それは以前彼がアイナに言った言葉だ。エドウィンがはっと目を見開く。

「そ、そんなことのために調合師になったと言うのか!?」

「……最初はそうだったのに」

アイナは俯《うつむ》いた。

調合師ならば有用な能力者として国から厚遇されるかもしれない。ならば国王に謁見するための武器ぐらいにはなると思ったのだ。

だけど、今は自分自身のために調合師になろうとしている。

勉強をしている間はエドウィンのそばにいられるのだから。

城にいても良いのだと思わせてくれるのだから。

『お前さんはホントに欲深いねぇ』

そう言ったマティルダの声が甦る。

でも、アイナに根気よく付き合って教えてくれるエドウィンは違う。

城がなくなっても、エドウィンがいなくなっても、調合師になればアイナが一人で生きていくための力になると信じている。

妻ではなく、ただの客人という立場も、王族の血を引く者を作らないようにするのも、王宮がアイナに手を出せないようにするためだ。

すべてはアイナのために。

そんなエドウィンの想いに気づかなければ、アイナも自分の欲深さに気づくこともなかった。

「どうして……」とエドウィンが呻《うめ》く。

「こうするしか仕方がないじゃないか。いずれはその日が来るのだと――」

「王都に行っても、戻って来られるのですか？」

「……分からない」

アイナは小さく溜息をつく。そこは嘘でも、「戻ってくるよ」と言って欲しかった。いなくなってしまうことを認めてなんか欲しくない。

「ならば私は――」

言葉を溜めてアイナはずるい言葉を吐く。

「三度目の結婚も失敗だったのだと……また夫を殺したのだと、言われてしまうのですね」

そうして自虐の笑みを浮かべる。ひどい女だと自分でも思う。

エドウィンがアイナを見つめてくしゃりと顔を歪めた。

「違う、違うっ！　そんなつもりは……」

消えてしまいそうな声を漏らして、右手で顔を覆う。

それはちゃんと分かっている。エドウィンがアイナのために考えてくれたことだから。

だから守れないなどと、自分を責めないで欲しい。責められるべきはアイナなのだ。

王都に行かせないようにと、エドウィンをこの城に縛りつけるのはアイナなのだから。

だからどうか――

「泣かないで、エド」

宥《なだ》めようとするアイナの声も自然と小さくなった。

「……泣いてなど……。アイナこそ――」

声を押し殺して俯《うつむ》くエドウィンの顔にアイナは手を伸ばすが、触れることをためらいそのまま
そっと下ろす。

そして二人は、しばらくの間立ち尽くしていた。

朝よりも少しだけ強い薔薇の甘い香りが二人を包んだ気がして、アイナはそっと目を閉じた。

14　森の家庭教師

人は腹が減れば起きるものなのかもしれない。グルルと腹が鳴ってアイナは目が覚めた。

そして自分の隣が空《から》なのを見て、焦ってベッドから身を起こした。

エドウィンがいない。

いつも彼はアイナよりも早く目を覚ますから、すでに起きていつものように庭に出ただけかもしれない。アイナは、ベッドの上に座り込んだまま両手をついて下を向いた。

昨日の夜、結局エドウィンとアイナは無言のままどちらともなく手を引き城に戻ると、二人ともベッドに倒れこんでしまったのだ。

アイナは食事も取らずにすぐ寝てしまったが、エドウィンはどうだったのだろう。

アイナはぐっと下唇を噛んで勢い良く顔を上げ、ベッドから降りた。

外に出て城をぐるりと一周してみたが、エドウィンはどこにもいなかった。

少し不安になって、今度は城の中を探した。台所には朝食の用意をするマリアンヌがいる。

「エドを見かけませんでした？」

いきなり声を掛けられたからか、マリアンヌが驚いた表情で振り向いた。

「見てないねぇ。来た時は庭にもいなかったよ」

「……そうですか。マリアンヌさんごめんなさい。今日はお手伝いできないんです」

「ああ、全くかまわないよ。迷子を捜しておいで」

申し訳なさそうに話すアイナを見て、マリアンヌがニコリと笑った。

アイナは廊下を早足で歩きつつ、自分が焦っていることに気づいた。心臓の鳴る音が大きく速く聞こえて、それがなおさら不安を掻き立てる。まるで母親とはぐれた子どものような気持ちになり、自分の方が迷子なのだと思った。

続いて図書室に向かうと、長椅子に座りだらしなく足を投げ出している彼の姿を見つけた。

エドウィンはぼんやりと宙を見ていたが、アイナに気づくと抑揚のない声で、「おはよう」と言った。彼はおそらく眠っていないのだろう、悄然《しょうぜん》として疲れ切った顔をしている。

そうさせたのはアイナのせいだと思うと、挨拶を返すべきなのに声が出せなかった。

ただ、エドウィンがいたことに心底ほっとした。そうしたら、急に腹がグウと大きく鳴った。

「お腹が空きました……」

慌てて腹を両手で押さえて、顔を赤くしたアイナが下を向く。

エドウィンはそんな彼女をしばらくまじまじと眺めて、それからくくっと喉を鳴らして低く笑う。終《しま》いには「あはははは」と肩を揺らして大きく笑い出した。

それは皮肉のこもった笑いだと思ったので、アイナは憮然としてエドウィンを見遣る。

「そうだな。俺も腹が減った」

ひとしきり笑って落ち着いたエドウィンが、長椅子から立ち上がる。

「そろそろ朝食の時間だろ。食べに行こう」

彼に背を押されて、一緒に部屋を出た。


食堂は静かだった。

窓からは明るい日差しと爽やかな風が入り、今日が穏やかな一日になるだろうと思わせる。

その中で、エドウィンとアイナは黙って食事を取る。かといって、部屋の雰囲気は重いわけではなく、心地は悪くはなかった。

アイナはふと、マリアンヌに朝の挨拶すら言っていなかったことに今ごろ気づき、心の中で苦笑いをした。あの時の自分はエドウィンがいなくて本当に怖くなって焦っていたのだ。

「バード」

エドウィンは前を向いたまま、後ろに控えていたバードに声を掛ける。

「アイナをそのうち王都に行かせる。そのつもりでいろ」

それまで微笑みを浮かべていたバードが、すっと表情を消しエドウィンを見る。

だがそれも一瞬で、バードは目を伏せ口角を少し上げると、「畏まりました」と静かに答えた。

エドウィンはやはりバードを一度も見ず、そのままモシャリとサラダを口に入れる。その様子をただ黙って眺めていたアイナも、止めていた手を動かしパンを口に運んだ。

「アイナは、今日はどうするんだ？」

「レグザスのところへ行こうと思います」

昨日飛んだ竜はどうしているだろうと気になっていた。

「……そうか。でも一人で行くなよ」

「はい。エドは？」

「俺は、寝たい」

エドウィンは疲れ切った顔で溜息まじりに答えると、食後の紅茶も飲まず食堂から出ていく。

「おやすみなさい」

立ち去る背中に向かい、アイナはそう声を掛けた。


アイナが森に出掛ける準備をしていると、バードが寄ってきた。

「今日はアイナ様のお供をいたしますよ」

いつものにこやかな笑顔を向けてくる。きっとバードは、先ほどエドウィンが告げたことについて話をしたいのだろう。

森に向かう途中で、レグザスが飛んだことを話すと、バードは目を見開いて笑った。

「竜の背に乗るなどおとぎ話の世界みたいですな。是非私も一緒に飛んでみたいものです」

「でも飛び立つ時と着地する時がまだ荒くて、怖いんですよ」

「ほう。それはまだ調教が必要ですな」

「……調教って。レグザスにそれは可哀想です」

アイナが苦笑いする。

「でも王都は遠いですからね。十分に調整が必要だと思いますよ」

「どれぐらいで行けるのでしょうね？」

「さあ。馬よりも速いでしょうから、一日で着くかもしれませんねぇ」

王宮の速い箱馬車でエドナに運ばれたことを思い出す。あの時は七日かかったことを考えると、今回は随分と速い行程になりそうだ。

「アイナ様が王都へ行くことは、エドウィン様から頼まれたのですか？」

「……いいえ。私が言い出したことです」

昨日の夜を思い出すとズキリと胸が痛むが、微笑みながら答える。

するとバードがひどく厳しい顔をした。この執事がそんな表情をしたことなどない。

「なぜアイナ様から申し出るのです？　そのようなこと、エドウィン様がおやりになればよいでしょう？」

「それはっ……！」

「ええ、そうですね。エドウィン様なら殺されてしまうかもしれませんがね」

バードが暗く笑う。だがその笑みもすぐに消えた。

「それでも、アイナ様、あなたは……エドウィン様の大切な人なのですよ？」

アイナは俯《うつむ》く。それは十分に分かっている。

エドウィンがアイナのために守ろうとしたものを、アイナが自分で壊すのだ。エドウィンが生まれた時から仕えているバードに責められても仕方ない。

下を向いたままのアイナを見て、バードが言葉を繋ぐ。

「ですが、エドウィン様から言い出したのではなくて良かったです。でないと私は主《あるじ》を殴り飛ばすところでしたから」

いつもの口調で紡がれた不穏なセリフは聞き違いかと、アイナは思わず顔を上げた。

「最初からアイナ様を王都へ送るつもりだったら、ねぇ？」

バードがにっこり笑うのを見て、アイナの頬がピクリと引き攣《つ》る。怖い怖い怖い。

「そんな男は死んでしまえば良いのですよ」

ケロリと吐き出す言葉が恐ろしい。

バードは目を細めてアイナを見つめ、そして改まってアイナに向き直る。

「エドウィン様を生かしてくださってありがとうございます」

そう告げたバードは、とても穏やかな笑顔だった。


レグザスに会ったバードは本当に楽しそうだった。レグザスが戸惑うくらいに体を撫で回す。

「本当に、エドウィン様にそっくりで！」

それは身体のことか、それとも性格か。アイナとしては同意したものか少し悩む。

「昔はエドウィン様もレグザスのように可愛かったのですよ。躾《しつけ》のなっていないところも一緒で」

ふふふと笑うバードを見て、アイナは嫌な予感がしてきた。

レグザスも『母』に似ていると言われて喜んでいたが、急におとなしくなる。

「王都に行きたいのなら、行儀作法は覚悟なさい」

そう告げるバードの声は、レグザスすら怯《おび》えるほどの威圧感があった。

「ひっ」

身動きができずにいる竜の隣で立ち尽くすアイナに、バードが手を伸ばしてきた。

そしてアイナの両頬が掴まれて横に引っ張られる。まるで子どもを叱る母親みたいだ。

「アイナ様は、猫のかぶり方がまだ足りませんからね。こちらも覚悟なさいませ」

にっこりと笑う様子はもはや悪魔にしか見えない。

「エドウィン様は、『王都に行かせるからそのつもりでいろ』と私に命じたのですからね」

アイナの頬を引っ張ったまま、バードは少し遠くを見つめる。

「私に命令だなんて。立派になられたものです」

バードが嬉しそうに笑った。

15　旅の準備

エドナ城の中には、竜がいる。

飛べるようになったレグザスはよく夜の闇に紛れて森からやってくるようになった。

人目につく昼間は飛ぶことができないから、今は薬草庫となってしまったアイナの部屋の中で過ごしたりもする。

城の住人がなんだかんだと構うので、レグザスは寂しくならないし、狭い部屋でも居心地はいい。エドウィンとアイナがいつも様子を見に来るし、行儀作法という名の鞭《むち》を振るうべくバードもやってくる。デュースが来れば、一緒にチェスに興じたりもする。レグザスも器用に前足で駒を操り、今や彼を負かすほどの腕前だ。

そして、この部屋でレグザスも含めて、王宮へ向かうための相談をすることが多くなった。


部屋でのんびりと昼寝をするレグザスに寄りかかり、アイナは薬草の勉強のために本を読む。エドウィンはアイナに膝枕をしてもらいながら、手に持った目の前の紙に集中していた。

それはアイナの父からの手紙だった。

一か月後にはルシュターナ第一王子の結婚式が盛大に執り行われ、そのまた一か月後には戴冠式を迎え、第一王子は晴れて国王になる。それぞれの日程と一緒に、めでたさに沸く王都の様子が手紙には記されていた。

「戴冠式の後は三日間もパーティ三昧《ざんまい》だとさ」

呆れたようにエドウィンが言う。

「たくさんの貴族がお祝いに連なるのでしょうね」

「国王になるのも考えものだな」

エドウィンがふん、と鼻で笑う。アイナはそんな彼の黒髪をそっと手で梳《す》いた。

「戴冠式の後、早めに行きたいところだが……」

「天気も大事ですね。雨だとレグザスが可哀想ですし」

寝ている竜を見上げる。アイナだって雨の日に空を飛びたいとは思わない。

新しい国王が誕生して、まだ基盤がしっかりしていない早めの時期を狙いたい。エドウィンはそう思っていて、アイナもそれに異論はなかった。

こういった策を練るのはエドウィンの方がずっと向いている。

「そうだ！」

エドウィンがいきなり膝の上から跳ね起き、部屋を駆けて出ていった。

突然のことにびっくりしていると、エドウィンは手に小さな箱を握ってすぐに戻ってきた。そしてアイナの隣に座ってレグザスにポスンと背中を預ける。

エドウィンが箱を開けると、赤紫色の大きい石がアイナの目に飛び込んできた。

「指輪、ですか？」

「母の唯一の形見だよ」

アイナが目を見開いて、指輪をよく見ようと伸ばしかけていた手を引いた。エドウィンが困ったような顔で笑う。

「国王が母に贈ったものだ。これを持っていけば俺の遣いだという証明にはなるんじゃないかな」

「……私が持っていくんですか？」

アイナの言葉にエドウィンがきょとんとする。

「他に誰がいるんだ？」

「だ、だってこの宝石、きっと高価です！　それに形見ですよ？　落としたら大変です！」

「指にはめて行けばいいんじゃないか？」

エドウィンがアイナの掌《てのひら》に指輪を載せた。

この指輪の宝石は、昔アイナが見た、上流貴族の嫌味ったらしいマダムが付けていたものよりもずっと大きい。

「……ちっちゃい」

はめてみると、薬指には入らず小指では余る。薬指の第二関節で止まった指輪を見せた。

「王妃様の指は細かったのですねぇ……」

どうせ私の指は太いですよと、半ばやさぐれてアイナがぼつりと言うと、エドウィンが笑った。

「母はなにもしない人だったからな。本を読むか庭に出て花を眺めているだけだったよ。アイナとは大違いだな」

大きな手がアイナの頭を優しく撫でた。

「この石、『イリャント・ノーム』って言うんだ」

「いりゃ……？」

「古語で『竜の瞳』の意味なんだって」

アイナがエドウィンの顔を見る。そして振り返ってレグザスの顔を見上げた。残念ながら今は目を瞑《つぶ》っていて、その瞳と宝石を比べることができない。

「色、違いますよね？」

「違うね」

「けっこういい加減なのですね、この石の名前」

「だよな。一気に安っぽく見えるだろ？　俺たちは本当の竜の瞳を知っているからな」

エドウィンがポンポンと後ろで横たわるレグザスを撫でた。

「だから持って行けばいいよ。なんなら売り飛ばしてもいい。この城を買えるぐらいの価値があれば良いのだけど」

アイナがぎょっとして見ると、エドウィンがへらりと笑った。

不意に、レグザスが体をふるりと震わせて顔を上げた。それから大きくあくびをする。

「おはよう、レグザス」

笑いながらアイナが声を掛けると、まだ眠いのか、何度も金色の瞳を瞬《またた》かせる。

王妃の宝石とは違うその色を見て、エドウィンとアイナは顔を見合わせて微笑む。そんな二人を見たレグザスは不思議そうに首を傾げた。

そこにバードがなにやら埃《ほこり》をかぶった箱を持ってやってきた。埃が舞い上がるのを見て、アイナが顔をしかめる。一方、バードは嬉しそうな様子で箱を開けた。箱の中をアイナとレグザスが覗《のぞ》き込むと、そこには真っ白な紙の束が入っていた。大事そうにバードが紙の一枚をそっと抜き出し、アイナとレグザスに向かってかざして見せる。

「あ……！」

『すごいっ』

窓から差し込む光を受けると、真っ白な紙にルシュターナ王国の紋章が透けて見えた。

「王族のみが使うことを許される紙です。なにか大事なことを伝える時だけ使うのですよ」

バードが静かに笑う。

「エドナに来てから一度も使ったことはありませんけれどもね」

「あれ？　そうなのか？」と、不思議そうにエドウィンが首を傾げる。

エドウィンの言いたいことが分かったらしい、バードはほんの少し考えて答えた。

「王妃様が亡くなった時も使いませんでした。門番が王都に馬を走らせただけです」

バードが痛ましい顔をした。

「エドウィン様はまだ小さかったですからね」

「……ああ、そうか」

そのままエドウィンも口を閉ざした。王族のみが使える用紙は、王妃が亡くなったことを伝えるにも王族が書かなければならなかったということだ。

「とうとうこの紙を使う時が来るなんて」

バードが紙を手に持ったまま嘆息する。

「だが、これで最後だろうな」

エドウィンがひらひらと紙を一枚持ち上げる。アイナもバードもなにも言えなかった。

「で、アイナはどう書いて欲しい？」

エドウィンが聞くが、アイナは答えられない。

「要求をつらつら書いたところで、揚げ足を取られるだけかもしれないな」

「この紙そのものが王族の遺いである確固たる証拠ですからね。余計な事を書くのは止めましょう」

バードもエドウィンの意見に同意する。

「じゃあ一言でいいか」

そう言ってエドウィンは机に向かうと、ペンを取り一気に書く。


『全権をアイナ・ルーウェンに託す』


「あ、あの、それって――」

目を見張ったアイナが思わずバードを見る。止めてくれるだろうと思ったのだ。

紙を覗《のぞ》き込んだバードはしばらく考えて、「よろしいのではないでしょうか」と言った。

「えええっ!?」

エドウィンが戸惑うアイナを見て笑う。

「好きにやってきていいぞ」

「そんな！」

「……なにを書いたってね、脅しや懇願以外には取られないよ」

エドウィンがふっと口元を歪めるのを見て、アイナは言葉を出せなくなった。

残りの紙を元の箱へ片付けようとしたバードが、「おや？」と首を傾げた。

「そう言えば、この箱には封がしてあったような気がするのですけれども」

「ん？　それなら俺が小さい頃に破って捨てたぞ」

エドウィンがこともなげに言う。

「デューと宝探しごっこをして、お前の部屋に入った時にこの紙を見つけたんだ」

「ごっこ……なんてことを！」

バードが口をパクパクと動かすが、子ども時代のエドウィンを今更叱ることはできない。

「まさか用紙は使っていないでしょうね⁉」

「使った」

うわぁぁぁ、と叫びながらバードが枚数を数える。そしてまた、うわっと叫ぶと頭を抱えた。

「本当に無い！　二度とこんなことしないでくださいよっ！」

「……ハイハイ」

「はい、の返事は一回までです！」

子どもの頃のことを今になって怒られて、エドウィンはアイナに悪戯っぽく笑ってみせた。

彼の子ども時代のことを少しだが知ることができた。それは彼にとって楽しかった思い出なのかは分からないけれど、そこから思い浮かぶ幼い頃のエドウィンは今の彼とあまり変わらなくて、それがアイナには嬉しかった。

16　誓いの日

昼もとうに過ぎた頃、アイナは庭に出るとエドウィンを見つけた。

彼は、城の外壁に寄り添うように植えられている植物の世話をしている。

可憐な花をつけたものや、茎が赤茶色で葉が白いものなど、見た目もバラバラな草花だ。

だが今のアイナは、これらがすべて毒を持った植物であることを知っている。

「これ、昔食ったんだよな」

紫の花をつけた植物の土をいじりながら、エドウィンは言う。

「え？　だってこれ、毒……」

「そうだね」

よくできました、とばかりにエドウィンが目を細めてアイナを見る。

「母が死んでしばらくしてからかな。なんだかどうしようもなくなって、葉を食ってみた」

この植物の毒が一番強いのは根だが、葉にも毒がある。ある程度摂取すれば命にかかわる。

「おかげで三日も熱が出て腹を下したよ。バードは流行《はや》り病にかかったと思ったみたいだけどね」

小さく乾いた笑い声を上げて、「あれは酷かった」と言う。そしてエドウィンが少し遠くを見るように視線を上げた。

「結局死ねなかったんだ」

アイナがエドウィンの左手の手首にそっと触れる。

「もし死んでいたら、私たち会えませんでしたね」

「ああ。あの時死ななくて良かったと本当に思うよ」

そしてエドウィンは笑顔を見せて、アイナの腰に手を回した。アイナもエドウィンの背に手を伸ばすと、ぐいっとその身を引き寄せられた。

「明日だな」

「はい」

それっきり二人は無言になる。視線は愛らしい花々に向いていたが、見てはいなかった。

先日、このルシュターナ王国は、新しい王に代替わりした。

そして計画を実行するために、明日の夜、アイナは王都へ旅立つ。今日一日はいつものようにエドウィンと一緒に過ごす予定だった。

「お姉ちゃん！」

不意に声がして、顔を向ければジーナトクスとデュースが早足で歩いてくるのが見えた。

アイナは笑顔で迎えるが、二人はなぜか不機嫌そうだ。

「なにやってんだよ」

呆れたような声を出すデュースに、エドウィンが眉根を寄せる。

「なんか用があったのか？」

「ああ？　なに言ってんだ。今日はお前たちの結婚式だろ⁉」

アイナとエドウィンが大きく目を見開く。

「……は？」

二人がようやく出した声はそのひと言だけだった。

「バードさんから聞いてないの？　お姉ちゃん」

ジーナトクスが首を傾げて不思議そうに言った。そしてデュースがエドウィンの襟首を掴んでずるずると引きずって行く。アイナはジーナトクスに手を引かれて、自分の部屋に連れて行かれた。

「アイナ様、お支度はどうします？」

「し、支度もなにも。結婚式ってなんのこと？」

部屋で待ち構えていたマリアンヌに声を掛けられて、アイナはうろたえる。

「もしかして知らなかったんですか？」

マリアンヌがチッと舌打ちし、「バード様、わざとだね」とつぶやいた。

「今日が良いとバード様が言ったんだ。だから数日前から用意しているもんだと……」

「そ、そんな急に決めたのですか？」

「まあねぇ。最初に言い出したのはジーナですけど」

「デュースさんと一緒に考えたの」

アイナが隣を見ると、ジーナトクスが目を潤ませて頷く。

ジーナトクスが、アイナとエドウィンのためを想ってくれたのだと分かった。

「……ジーナ、ありがとう」

胸がいっぱいで、礼を言う声がわずかに掠《かす》れた。

そこにノックの音がして、バードが顔を出した。

マリアンヌがバードを睨む。アイナが結婚式のことを聞かされていなかったからだ。だが彼はそれを気にも止めず、逆にマリアンヌとジーナトクスを部屋から追い出してしまった。

「少しだけお時間をください」

まっすぐに立って微笑むバードに、アイナも少しだけ笑顔を返す。

「びっくりしました」

「ええ、驚いたでしょう？　そういうアイナ様が見たかったのです」

バードも口元を綻《ほころ》ばせる。

「結婚式とは言うものの形だけでして。教会に行けるわけでもございませんし」

バードが、申し訳ございません、と頭を垂れる。

城から出られないエドウィンのことを考えれば、当たり前のことだ。あの身体では教会から悪魔呼ばわりされるのがオチだろう。だからこれは、ほんのわずかな参列者だけのささやかな挙式だ。

「結婚はお嫌でしたか？」

バードの問いにアイナが首を横に振る。

「でも、エドは望まない」

「そうでしょうか？」

バードが笑顔のままアイナの目を覗《のぞ》き込む。

「アイナ様には、エドウィン様の奥方になって王都に行っていただきたいのです」

彼の言葉に、アイナは息を呑んだ。

客人ではなく、エドウィンの妻になること。それはアイナがこのエドナ城へ戻ってくるための約束だ。夫の傍らに立つことを望み、実家のある王都へ帰るのではなく、ただ出かけるのだと。

「エドウィン様のために必ず帰ってきてくださいませ。ここがアイナ様の家なのですからね」

アイナはゆっくりと一度瞬《まばた》きをして、それから、「はい」と答えた。

バードが持ってきた箱を手渡してくれた。それを開けて、アイナは目を見張る。

それは淡いアイボリー色のワンピースだった。上身頃には細かいレースがあしらわれて、腰のラインで切り返されている。スカート部分は上質でシンプルな布地だけだったが、裾にはお揃いのレースが付いていた。

「申し訳ありませんが、急でしたので、婚礼衣装はご用意できませんでした」

バードは少し落ち込んでいるようだった。アイナはブンブンと首を横に振る。

「きれい……」

姿見の前でワンピースを合わせて見ると、スカートがきれいに広がって、とても美しかった。

「ありがとうございます、バードさん」

アイナが笑みをこぼすと、バードもつられて笑顔になった。

着替えが終わると、マリアンヌがアイナの髪を丁寧に結い直してくれた。ジーナトクスが小さなブーケをアイナに差し出す。庭園の薔薇をデュースと二人でこっそり切って作ったらしい。

「いっぱい咲いていたから、お兄ちゃんにはばれてないよ」

ジーナトクスがふふっと笑った。

そのまま彼女に手を引かれて食堂に向かうと、すでにそこにはエドウィンがいた。首元がしっかりと隠れる、縁《ふち》に飾りのついた長めの白いマントを左肩に掛けている。これもきっとバードが用意したのであろう。そのマントの鮮やかな白に思わず見惚れた。しかし、エドウィンはというと、なんだか居心地が悪そうだ。

部屋に入って来たアイナを見て、デュースはニヤリと笑い、エドウィンの肩を叩く。エドウィンはアイナの姿に驚きしばらく眺めていたが、少し辛そうな表情になった。そんな彼に微笑みかける。

「格好良いですよ、エド」

アイナが小さい声で彼にだけ聞こえるように言う。さらりと肩を流れる白いマントはエドウィンを威風堂々と見せていた。

だが彼は首周りを気にして指を差し込みながら、「馴染まないんだが……」とぼそりと言う。

「はいはい、よろしいですか。今日の私は司祭ですからね」

バードがわざとらしく二人の前に立った。普段は軽口ばかり叩く悪魔のような執事が司祭をやるのか、とアイナは苦笑いする。

「私だって恥ずかしいんです。……アイナ様、笑わないでください」

「早くやれって」

デュースが野次を飛ばした。

バードが咳払いをして、白い布を掛けた手を差し出す。

「では、まずアイナ様から」

本来ならば最初に司祭の長い説教があるはずだが、バードはそれをまるまる省くらしい。

バードの手の上にアイナが手を乗せ、その上にエドウィンが手を重ねる。

高らかにバードの声が響く。

「汝、アイナ・ルーウェンは、
星のさだめの下、
エドウィン・シーカー・ルシュターナを夫とし、
愛し、慰め、敬い、
太陽と月が幾度巡ろうとも、
死が二人を分かつまで、共に生きることを誓いますか？」

「誓います」

アイナの声が部屋に響く。そのままエドウィンを見上げると、彼は痛みを堪《こら》えるような顔をした。

「いいのか？」

「後悔なんかしません、よ？」

アイナがくすりと笑う。

「……そうだったな」

エドウィンも笑った。

ゴホン、とバードが咳をする。

「やる気がなくなりますので、ちゃっちゃとしてください、エドウィン様」

小声のバードに呆れて、カクンとエドウィンの首が落ちる。

先ほどと同じバードのセリフの後に、エドウィンの誓いの言葉が聞こえた。

顔を上げれば、そこに彼の笑顔が見える。互いに半歩近づいて、アイナはそっと目を伏せた。

そして、二人はゆっくりと唇を重ねる。

「……まだ誓いのキスの指示はしていませんけどねぇ」

呆れたようなバードの声が聞こえて、エドウィンとアイナが離れた。だが、二人はバードを見てクスッと笑い、それからまた口づけをする。

「長いんだよ」

デュースが頭を振ってつぶやくと、隣にいるマリアンヌが笑いを堪え切れずに吹き出した。

ジーナトクスは目をキラキラと輝かせて、キスに溺れる二人を眺めている。

二人の間に挟まれる形で立っていたバードは、諦めたようにして天井を仰いでいた。

エドウィンとアイナはようやく離れたものの、熱の籠った目で互いを見つめ続けている。

「世話が焼けますねぇ、この人たちは」

バードはふうと息を吐き、二人をデュースたちのもとへ押しやった。


グラスをぶつける祝杯の音が鳴る。

祝福される側としては嬉しいのだが、なんだか照れくさい。

アイナがグラスに口をつけた時には、すでにマリアンヌの杯は空《から》だった。バードがご機嫌なマリアンヌのグラスへ再び酒を注《つ》ぐが、それもあっという間に消える。

アイナが驚いてただ見ていると、ジーナトクスが溜息をつきながら母親を諌《いさ》め始めた。

エドウィンはデュースに捕まって、今日の準備のための苦労を切々と語られている。

この特別な日も、いつもと変わらぬ城の日常のようで、それがアイナにはありがたかった。

酔っ払って楽しそうなマリアンヌを連れて、ジーナトクスとデュースが帰っていくのを城の三人は見送った。

「お姉ちゃん、またね」

笑顔で手を振るジーナトクスにアイナも手を振るが、返す笑顔が少しぎこちなくなってしまった。

そして城の中は静まりかえった。

「明日のために、あまりご無理はなさいませんように」

バードは真面目な顔でエドウィンにそれだけ言うと、自室へ引き上げていった。

暗い廊下に残された二人は曖昧な笑顔を浮かべるしかない。

エドウィンの手がアイナの頬に触れた。顔を上げれば、そこに艶めく黒い双玉を見る。

結婚式の時とは違う、覆いかぶさるような形でキスをされた。

あっという間にエドウィンの舌はアイナの唇を越えてきて、アイナの舌に絡ませてくる。

アイナがたまらなくなってエドウィンの服を掴めば、それが合図だったかのように唇が離れた。

「んっ……」

名残惜しいとばかりに、アイナが小さく甘い吐息を洩らした。

するとがっしりと横抱きにされ、あっという間に寝室に運び込まれた。そのままベッドの上に座らされる。エドウィンはマントの首にかかる部分に手を入れ、金具を外していった。

「せっかく格好良かったのに」

アイナがからかうように言うと、エドウィンは困った顔をした。

「俺には似合わないと思うんだがな」

アイナが立ち上がってエドウィンのマントを受け取ると、皺にならないようにとハンガーに掛ける。

そこに後ろから抱きしめられた。首筋を少しきつく吸われて、ゾクリと背中にまで痺《しび》れが走る。

今、言わなければと、アイナは慌ててくるりとエドウィンに向き直った。

「あ、あの……エド」

「なんだ？」

「こんな時に言うのも変かもしれませんけど」

緊張のあまりアイナの喉がゴクリと鳴った。

「な、中で出しても……」

最後の言葉は小さすぎて消えてしまう。

「エルガリアも飲まなくても――」

「――アイナ、それは」

エドウィンはアイナの言葉を遮《さえぎ》るものの、彼もまた言葉が続かない。そして静かに低い声を出した。

「……俺の子なんだぞ」

こくんとアイナが頷く。

顔を強張らせるエドウィンを見て、アイナは息苦しくなり目を伏せた。

「化け物の子どもを産むつもりか?」

「違う!」

アイナはとっさに上擦った声で叫ぶ。その声の大きさにアイナ自身が驚いた。慌てて少し息を吐き、気持ちを鎮めた。

「……違います。エドの子だから……」

その先の言葉は出てこない。

泣くわけにはいかない。こんな日に泣きたくなんかない。そう思うのに、堪《こら》えきれなかった涙がわずかにこぼれ落ちた。エドウィンの気持ちは分かっていたのに、口にしてしまった自分はあまりにも愚かだった。少しだけ飲んだ酒に酔ったせいなのか、明日への不安にざわつく自分の心のせいなのか——そのどちらかのせいにでも出来れば楽なのにと思う。

エドウィンはアイナをベッドの端に座らせ、自分もその隣に並んで座った。そして溜息をつく。

「分からないんだ。どうすればいいのか」

アイナがエドウィンに手を伸ばす。レグザスと同じ鱗《うろこ》と爪を持つ彼の左腕に、そっと触れた。

「その身体は辛いですか？」

ぴくりとエドウィンが身を揺らす。

「辛くはないよ。生まれた時からこれだからな」

「……エドのお母様は、辛かったのでしょうか？」

「さてね」

エドウィンがたまに話してくれる思い出話を聞くと、王妃が息子を愛していたことが窺《うかが》い知れた。

それは自分が産んだ子の半身がトカゲでも竜でも、彼女には関係なかったのだ。強い人だったのだろう。それともエドウィンを産んだからこそ強くなったのだろうか。高望みかもしれないけれど、彼女のように強くありたいと願う。

「今すぐの話じゃないんです。待ちますから。エドが欲しいって言ってくれるまで、私、待ちますから」

エドウィンは小さく笑って首を振る。

「違うよアイナ。俺は君が望むのならそれを叶えたい。でもそれは王都から帰って来てからだ」

「……エドの望みは？」

「アイナと同じだ」

エドウィンがアイナを胸に抱きしめた。ゆっくりと頭を撫でられ、アイナはその心地良さにじっとしていた。それから彼が編まれた髪を丁寧にほどいていく。跡が付いてしまった髪を手に取ってエドウィンはそこにキスをした。たったそれだけの動作なのに、恥ずかしさが込み上げてくる。

「照れますね」

「そうか？」

エドウィンが呆れたように笑った。

「今日は慣れないことばっかりです」

アイナがふうと溜息をつくと、エドウィンがアイナの服に手を掛けて囁《ささや》く。

「そうでもないだろ。これもか？」

思わず頬を染めたアイナも手を伸ばして、エドウィンの服のボタンを外していく。

二人で服を脱がし合いながら唇を重ねる。付いては離れる優しいキスを繰り返して、自然と笑顔になる。小さな声で笑い合った。アイナの首筋を通って鎖骨までなぞるようにエドウィンがキスをする。熱い舌先が柔らかな肌を這い、滑る唇がきつく吸い上げ、アイナに紅い印を刻んでいく。

くるりと身体の向きを変えられて、背をエドウィンの方に見せる形になった。今度はうなじから背中にかけて、少し強めのキスを落とされる。

そしてお腹に左腕を回される。少し冷たい彼の皮膚にアイナは思わずビクリと身を震わせると、エドウィンがアイナの白い背中に甘く噛みついた。あまりの刺激にアイナは「やっ」と小さく叫んで、エドウィンを振り返る。アイナは軽く睨むが、潤んだその目がエドウィンを煽っていることには気づかない。

腰は左腕で引き寄せられたまま、後ろから胸を揉みしだかれる。強い愛撫に思わずアイナの手が宙を掻いて逃げようとするが、腰をしっかりと掴まえられているのでどうしようもない。

大きな彼の手が乳房を持ち上げ、強く、優しくほぐしていく。すっかり色付いた胸先の蕾を指の腹で擦られる度に、アイナは感じてしまい、甘く喘いだ。

エドウィンの手が食い込んで胸の形が歪み、その刺激に気を取られていたので、アイナは自分の背中があちこち啄まれていることに気づくのが遅れた。じんわりとした軽い痛みと熱が背中に広がっている。

「痕が……」

「いっぱい付けたよ」

「ええっ⁉」

「俺のもの、って証《あかし》」

楽しそうに言うエドウィンに、どれくらい痕が付いたのかと思うが、怖くて聞けない。

首を回してエドウィンを恨みがましく見ると、困ったように笑われた。

「悪かった」

そう言って彼がアイナの肩に顎を乗せ、その身を引き寄せる。温かなエドウィンの身体を背中越しに感じて、それにほっとしてわずかに力を抜いた。彼の胸は、いつの間にかアイナにとって最も安心できる場所になった。もっと強く抱きしめて欲しくなる。

ゆっくりと唇がアイナの耳を啄《ついば》んでいく。耳殻に沿って舐められると、ビクリとアイナの身体が震えた。エドウィンの手は滑り降りて、脇腹から腰へと優しく撫でていく。途中までくすぐったさを感じていたのに、不意に爪先から頭の天辺まで雷に打たれたような痺《しび》れが突き抜けた。

「あう……っ！」

アイナが思わず声を洩らして身体をひくつかせる。

「アイナはここが好きだもんな」

エドウィンの顔は見えないが、ニヤリと笑っているかと思うと自分だけが翻弄《ほんろう》されているようで理不尽な気がした。

何度も往復して撫でる手がそのまま腹をなぞり、さらにその下へと伸びていく。反射的に脚を閉じたが、それはあっさりと開かれてしまった。

エドウィンの指がアイナの花芯へ進めば、身体が跳ねる。最も敏感なところを指の腹で撫でられたり押し潰されたりする。アイナはその刺激に耐えきれず身をよじるが上手く逃げられない。腰と腹に当たるエドウィンの左腕がきつく締めてくる。

次第に激しく動き始める指にアイナの息が上がって、つま先まで足がぴんと伸びる。アイナが切ない声を上げる度に、彼女の秘部からはトロリと蜜が出てくる。アイナは後ろからぎゅっと抱きしめるエドウィンの身体が、より熱くなっているのを感じた。

蜜壷の中で蠢《うごめ》く指がアイナの内壁を擦り、引っ掻いてはかき混ぜていく。その与えられる快楽にアイナはくたりと堕ちて、彼の胸に身を委ねていた。もう全身が蕩《とろ》けて、力が入らない。なのにアイナの秘所はエドウィンの指を締めつけて、さらなる刺激を欲しがっていた。

耳を覆いたくなるような淫らな水音が部屋に響いて、恥ずかしさのあまり髪を乱して首を振る。繰り返し快楽の波が押し寄せてきてはアイナを呑み込んだ。

「ほら、見て」

思考の溶けた頭のままうっすらと目を開ければ、アイナの中に割り入っていた指が引き抜かれるところが見えた。その指は蜜に濡れて、ぬらぬらと輝いている。あまりに恥ずかしい光景を見せつけられて、アイナは慌てて顔をそむけた。その姿にエドウィンが愉《たの》しそうに笑う。羞恥に身を焦がすとはまさにこのことだろう。そして彼はこんな時でも意地が悪い。

その指を小さな蕾に擦りつけられ、駆け抜ける強い刺激にアイナの身体は弓なりに反った。

「アイナ」

艶めいた声で名前を呼ばれて、アイナはエドウィンの顔を見上げる。堪《こら》え切れないのはアイナも一緒だ。そう伝えたくて、彼の首に手を絡めてアイナの方からキスを求めた。

すると腰をひっくり返されてあおむけにされるやいなや、脚を開かされる。

次に来る刺衝《ししょう》に備えてアイナは覚悟する。いつも最初のこの瞬間だけは慣れない。

熱く滾《たぎ》ったエドウィンのものは、すぐにアイナの中へ押し入ってくる。強い圧迫を感じながら深呼吸を何度か繰り返し、彼の硬くなったものを受け入れた。

己自身が根元までアイナの中に入ったのを見て、エドウィンがふっと小さく笑みをこぼす。その表情がわずかな明かりの下でひどく淫靡《いんび》に見えて、アイナの身体の奥がズクリと疼《うず》いた。そこから伝わる刺激にエドウィンが目を見開く。そして、クッと喉の奥を鳴らしてアイナを見つめる。

「どうした？」

「……エドの顔が」

「顔？」

「やらしい、から……」

「……やらしいのは俺だけじゃないだろ？」

そう言いながら、エドウィンがゆっくりと腰を揺らし始める。

「……うあっ……ん」

アイナの視線が不安げに彷徨《さまよ》うのを見て、エドウィンがアイナの手を自分の肩の上へと導く。そのままアイナが縋《すが》った。

熱に浮かされて善《よ》がるアイナの顔が、エドウィンを煽っていく。アイナの肌は上気して紅く染まり、ツンと立った胸の尖《とが》りは、腰を打ち付ける度に大きく震えて揺れる。それは極上の眺めだった。アイナの深緑の瞳が濃くなっていき、薄く開いた唇からは次々に嬌声《きょうせい》がこぼれ落ちていく。聞こえてくる卑猥な水音はアイナが悦《よろこ》んでいる証《あかし》で、エドウィンはそこにもっと自分が与える快楽を刻みつけたくなる。狂おしいほど愛しい。

何度も内壁を擦り上げて、そこに熱を打ち込む。アイナの下肢を突きながら、顔を近づけ唇にかすめるようなキスをする。それを何度も何度も繰り返した。

だが、やがて呑みこまれているエドウィンの下半身は余裕がなくなってくる。

「やっ！　エド……エド！」

名を呼び、アイナが高みへと昇りつめると、彼もまた耐えきれず最後の突き上げをする。

「アイナ……っ！　く……っ！」

その瞬間に、エドウィンの猛りがアイナの全てを焼き尽くしていく。

熱く激しい快感がまるで嵐のようにアイナの上を通り過ぎ、あとには甘い疼《うず》きと穏やかな時間が残された。エドウィンがアイナの身体をきつく抱きしめて、二人はそっとキスを繰り返す。力の抜けたエドウィンの重みに心が満たされるのを感じながら、アイナはゆっくり脚を絡ませた。

「愛してる」

耳元で囁《ささや》かれ、アイナは濡れた目でエドウィンを見つめる。そして、彼の背を優しく撫でた。

「アイナ」

「なあに？」

「……もう一回してもいいか？」

撫でていたアイナの手が止まった。目を丸くしてエドウィンを見る。

おねだりする顔が可愛いなんて思っちゃいけない。

太腿に当たるエドウィンのものが、また熱くなっているのを感じる。こうなったら彼が止まらないことはアイナにはよく分かっていた。

「やだぁ……」

抵抗するように、目の前にあるエドウィンの左肩に噛みついた。鱗《うろこ》のある皮膚は、アイナがどんなに噛んだところで小さな痕ひとつ付けることができない。

小さな抵抗はあっさりと流されて、身を起こしたエドウィンに身体を優しく愛撫され、アイナはまた熱い吐息をこぼす。両脚を持ち上げられエドウィンの肩に掛けられると、すでに蕩《とろ》けているアイナの秘所に楔《くさび》が再び打ち込まれる。

「あんっ……あ……」

アイナの甘美な喘ぎ声はまたしばらく続いた。

そうして二人は何度も抱き合って、疲れたら眠り、目が覚めたらまたキスをする。

明け方まで続いた交わりの最後に、アイナはエドウィンの指に自分の指を絡めてそのまま夢の中へ落ちて行った。

17　竜と女の旅立ち

かちゃん、と金属の擦れる音がして、アイナはゆるゆると目を覚ました。瞼《まぶた》を閉じていても窓の外がもう明るくなっているのが分かった。

「うー」

ベッドの中があまりにも気持ち良く、起きようという気が萎《な》える。

「おなか空かない？」

エドウィンの問いに目は閉じたまま、「空きました」とだけ答えた。

声が掠《かす》れている。そして身体は重い。昨夜はいわゆる『初夜』で、エドウィンも、そしてアイナ自身もいつもより激しかった気がする。こうなるのは当たり前か、とアイナは溜息をついた。

ようやく目を開けると、自分が寝間着もなにも身に付けていないことに気がついた。

「あ」と声を上げて、身体が隠れるように夜具を引っ張りあげる。

そっとエドウィンを見ると、彼はもう着替え終わっていてベッドの外にいた。自分ばかりが恥ずかしい格好で、昨夜のことなどみじんも感じさせないような彼の姿に、なんだかずるいとアイナは思った。

「ごはんだよ、アイナ」

再びベッドに潜り込むアイナを見て、エドウィンが呆れたように笑い、食事の載った皿を見せる。そこには、野菜と卵の入ったサンドイッチが載っていた。

「ここで食べるんですか？」

「朝食の時間はとっくに過ぎちゃったからね。……無理、させすぎたか？」

エドウィンが身体を気遣い尋ねてくる。昨日の、というか今日の明け方までのことを思い出しアイナは恥ずかしくなったが、そっと首を横に振った。

布団の中でガウンをもぞもぞと身に付けていると、エドウィンはハーブティを入れて、食器と共にそのままベッドに乗る。ずいぶんと行儀の悪い朝食だったが、今日だけは許されるだろう。

「はい、あーんして」

顔の前にサンドイッチを運ばれ、戸惑いながらもアイナが口を開ける。エドウィンも自分の分を取って頬張った。

窓の外を見ると、青空が広がっている。

「晴れましたね、エド」

「ああ。しばらくは良い天気だろうな」

これならレグザスも飛べる。

アイナは窓から目を戻して、熱いハーブティの入ったカップに口を付けた。


夕暮れ時には、アイナとエドウィン、バード、そしてレグザスがアイナの部屋に集まっていた。

わずかな荷物をレグザスの背に括《くく》りつける。準備は前からしていたので手間も掛からず、あっという間に終わった。

じっとアイナを見ていたエドウィンが、「ちょっと待って」と引き止めて部屋を出ると、すぐに白いマントを手に戻って来てそれを彼女に着せた。

「空の上は寒いからな。着て行った方が良い」

昨日エドウィンが結婚式用に着ていたマントだ。アイナが慌てる。

「これって……！」

「この色はアイナの方が似合うよ」

エドウィンがにっこりと笑う。そうして首元の金具までしっかりと留められた。

男物のマントはアイナには大きすぎて、丈がアイナの踝《くるぶし》まであった。首も長い襟元に埋まってしまいそうだ。

「まあ、悪くはありませんがね」

バードはそう言って、呆れた顔でエドウィンをちらりと見る。

エドウィンが腰を屈《かが》めて、アイナと同じ目の高さに視線を合わせる。

「絶対に脱ぐなよ」

と、なぜか念押しをされた。

準備を終えると、レグザスを伴って城の外へ出る。夕闇の中で城の門番は気づく様子もなく、エドナ城の庭はいつものように静かだった。

「レグザス、頼むぞ」

頭を撫でると、レグザスが目を閉じて額をエドウィンの額に擦りつけてきた。

「行ってきます」

竜の背の上からアイナが微笑む。

「いってらっしゃい」

エドウィンも穏やかに笑う。

『行こう、お父さん、い』

初めてアイナが出会った時よりも一回り大きくなった竜は、空を見上げる。

そしてレグザスは翼を大きく広げて一度羽ばたかせると、あっという間に飛び上がった。

城の上を旋回することもなく、アイナもまた城を振り返ることもなく、ただ王都のある方向へとまっすぐ進んでいった。


真夜中の空の上、風が身を切るように流れてきて寒い。だがそれも身体にしっかりと巻き付けたマントのおかげで凌《しの》げそうだ。少々重くて扱いにくかったが、アイナはこのマントに感謝していた。

レグザスは悠然と翼を動かして飛び続ける。溢れる高揚感がアイナにも伝わってきた。

本当は大きな空を自由に翔けることができるのに、今は夜の闇の隙間を飛ぶことしかできない。

アイナは、レグザスの背に乗って、青く澄んだ空をどこまでも飛んでみたいと思った。そしてその時はエドウィンも一緒がいい。

明け方近くなると、アイナはさすがに疲れて、何度かレグザスの背の上でうつらうつらとしてしまった。その度にはっと意識を戻して自分の頬や腕をつねった。

『お父さん、大丈夫？』

レグザスが気遣わしげにアイナへ声を掛ける。

「王都の近くに来たら少し休みたいね」

『じゃあ森を探さなくちゃ。隠れるところあるかな』

「まだよ。王都が見えてからね」

目を凝《こ》らすが、まだ仄暗《ほのぐら》い空の下はよく見えない。風を切る翼の音だけが聞こえていた。

『塔がある！』

レグザスの音なき声にアイナは意識を取り戻す。また眠ってしまったらしい。左側を向けば夜が白々と明けてきていた。アイナにはまだ街らしきものも見えてこないが、目の良いレグザスには王都がしっかりと見えているようだ。

「だいぶ早く着いたわねぇ」

王都へは丸一日は掛かると思っていたのだ。半日足らずで着くとは、竜の力はものすごい。

アイナは、目を細めてレグザスの首のずっと先にあるはずの景色を眺めた。

実家のある王都を出てきて、まさかこうして竜の背に乗って帰ってくるとは思わなかった。

いや、もはや王都はアイナの帰るべきところではなく、ただ目的を達成させるためだけの場所だ。

「まだ早いからどこかで休もう、レグザス」

アイナがそう声を掛けると、レグザスが少し迷って地上に森を探す。

林くらいの小規模な木々の塊が点々と見えたので、アイナたちは、そのうちのひとつに降り立った。

「誰も来ないかな……」

『誰かが来ても僕が分かるから大丈夫だよ』

アイナとレグザスは奥に進み、休むのに良さそうな場所を探す。

朝の光が水平に林の中へ差し込んでくる。眩《まぶ》しさを感じながらもアイナは竜の腹にもたれて眠った。

次にアイナが目覚めたのは、つん、とレグザスに頭を突かれたからだ。

『そろそろお腹減った？』

アイナは思わず笑う。レグザスは林の中の花を食べに行きたいのだろう。自分も確かに空腹を感じていた。

身体に掛けていたマントを取って大きく伸びをする。

背に積んだ荷物からリンゴをいくつか取り出すとレグザスが大喜びした。それを分け合う。

リンゴだけでは足りず花を求めて林の奥に消えたレグザスを待つ間、アイナは手鏡を片手に髪を直す。夜通し空の上で風にあおられて、髪はグシャグシャだった。

そしてふと覗《のぞ》き込んで、首に手を遣る。鏡に映るのは、首筋に散らされたいくつもの紅い痣《あざ》。

すっとアイナの顔が青くなる。

「……エドっ」

風呂に入った時には気づかなかった。髪を下ろしていたからだろうか。

そして昨夜のエドウィンの様子を思い出した。

『絶対に脱ぐなよ』と言い、旅立つ前にマントを持ってきたのは彼だ。自分が付けた痕を見つけてさすがにまずいと思ったのだろうか。

白いマントを羽織って、金具をしっかりと留めて鏡の中をそっと覗《のぞ》き込む。

アイナの首がすべて覆われて紅い痣は見えなくなった。だが、これでもうマントは脱げない。

「あの人は……！」

帰ったら文句を言ってやろう。そう決意してアイナは溜息をついた。

満腹になったレグザスが戻ってくると、アイナは再び背に乗り空へ飛ぶ。

「ここからは一気に行かなくちゃ」

金色に輝く瞳がアイナへチラリと視線を送る。その仕草はまるで不敵な笑みを浮かべたかのように見えた。

『突っ込むよ！』

レグザスが歌うように軽やかな声で告げる。アイナは手綱をしっかりと手に巻き付けた。

18　玉座の御前に

アイナとレグザスが降り立ったのは、広い王宮のほぼ中心にある中庭だった。

深い緑の木々が生い茂り、色鮮やかに花々が咲き誇るそこはまるで楽園だ。そんな見目麗しい庭に、雷が落ちるがのごとくレグザスは突っ込んだのだ。まだ目が回った状態のまま、アイナはレグザスの背の上で息を吐く。

「もうっ！」

小さくアイナが文句を言うと、レグザスがしゅんとした。レグザスが垂直に落ちて地面にぶつかると思ったのだ。胃の浮き上がる感覚がして、気持ち悪くなった。

「遊び過ぎ、レグザス」

『ごめんなさい』

レグザスと自分の身体に怪我がないことを確認して、アイナは竜の背からトンと飛び降りる。

着地した時に庭に響いた女の叫び声と男の怒号はあっという間に聞こえなくなって、代わりに耳障りな剣や鎧の鳴る音が一人と一匹を囲んだ。

レグザスは体勢を整えて、アイナを守るようにその隣に立つ。

自分たちを取り囲んでいるのが王宮の騎士団だというのは、すぐに分かった。王都にいたときも何回か見たことはあったが、やはり揃いの服装が美しいと思う。そう観察できるくらい余裕があったのは、アイナと剣を向けた騎士たちとの間に距離があったことと、レグザスがそばにいたからだ。

王宮の中心部に降り立ってすぐに騎士たちに囲まれるのは、想定内のことだった。

「何者だ！」

鋭い男の声が飛んでくる。

そちらに顔を向けると、一人の男が抜き身の剣を持って他の騎士の間をすり抜けてくる。

歳は四十ぐらいだろうか、体格が良く、やはり騎士の服を身にまとっている。

それを見たアイナは、良かったと安堵の息をついた。

誰に声を掛ければ良いのか迷っていた。年齢と服の飾りから地位もそれなりにありそうだから、話を通してもらうにはちょうど良い。向こうから来てくれたのは幸いだ。

アイナはすっと前に進み出て、優雅にゆっくりと礼を取った。

「アイナ・ルーウェンと申します。ルシュターナ王国第二王子、エドウィン・シーカー・ルシュターナの使者として参上いたしました。国王陛下に御目通りしたく存じます」

そう告げると、謹《つつし》んで白い封筒を差し出す。

向かい合った男はアイナの言葉を受けて、透かしの見える封筒に目を向けるとわずかにたじろいだ。

「剣を引け」

男が手を挙げると一斉に剣が下を向いた。だが騎士たちは戸惑っているようだった。

彼は恭《うやうや》しく両手を差し出し、封筒を受け取る。

アイナが笑顔を向けると、男は目を伏せて「しばしお待ちを」と言うと、踵《きびす》を返し去っていった。

大国の名が付いたエドウィンの名前のおかげか、それとも紋章の付いた封筒のおかげか、どちらにせよ効果は絶大だ。

騎士たちは剣を下ろしたまま所在なげにしていて、アイナとレグザスをちらちらと盗み見る。

先ほどのアイナと男の会話が聞こえなかった者には、なぜ剣を引くことになったのか分からないからなのだろう。不作法極まりない登場をしたアイナたちを、怒りを込めた目で見る騎士もいた。

アイナが周囲に目を向けると、象牙色の王宮の建物が太陽の下で輝いているのが見える。

生命力溢れる中庭を囲む建物はただ無機質で、アイナは漠然とした不安を覚えた。


『その時』は、さほど重要ではない議題ばかりの朝議が終わるころだった。

ルシュターナ王国の若き王、ラルフガルド・ガルデ・ディオ・ルシュターナは参加している十二人の大臣を見回す。

そこに、一人の騎士が飛び込んできた。宰相チェザリスのもとへ駆け寄る。

不穏な顔つきになったチェザリスが、「賊が城内に侵入したようです」と耳打ちしてくる。

ラルフガルドは賊はすぐに捕らえられるだろうと思い、そのまま流すつもりだった。

だが、次に第三騎士団の団長が飛び込んでくると、嫌な予感がした。

「話せ」

「はっ。アイナ・ルーウェンと名乗る女が……竜のような生き物を伴って中庭に現われました」

報告を聞いた場内が微妙な空気になった。この騎士団長が『竜』というあまりにも空想じみた単語を発したからだ。だが、彼は真面目な顔で、緊張したようにゴクリと唾を呑み込んで言葉を繋ぐ。

「エ、エドウィン王子殿下の使者だと言ってこちらを……」

ルシュターナの紋章がある手紙をラルフガルドの前に差し出すと、数人の大臣は声を上げた。

ざわつく部屋の中でラルフガルドは手紙を開く。呆気ない一文に、馬鹿にしているのかといいようもない怒りが湧いた。それでも王族の正式な使者であっては、接見を許さざるをえない。

騒ぎ出す大臣たちを宥《なだ》めて会議を収め、ラルフガルドはその場を退席した。その足でチェザリスと共に部屋を移動し、窓から中庭の様子を窺《うかが》う。

「なんだあれは」

「さて……」

ラルフガルドよりも二十ほど年上の宰相は、不安げに窓の外を覗《のぞ》く。

窓からは、物語の中でしか見たことがないような大きな生き物が尾を振るい、周りにいる騎士を牽制しているのが見えた。そのそばには白い服の人間が見えるが、顔はよく分からない。あれが例の女かと目を凝《こ》らす。

「わざわざこの時期にやってくるとはな」

「この時期だからでございましょうね」

チェザリスが気遣わしげに王を見る。

ラルフガルドが弟王子について感じることと言えば、まさに愚鈍の一言だった。

異形の姿ゆえにエドナの城から出られず、花を愛でて一日中ひなたぼっこをしているという。

だが、一人の女がエドナ城に行ったきり戻ってこない、という報告が上がって来た。

もともと前国王もラルフガルドも、第二王子のもとへ都合の良い女を送るつもりなどこれっぽっちもなかった。第二王子の名を利用してのし上がりたかった王宮の貴族たちと、化け物王子の噂に振り回された保守的な貴族たちの利害が一致して勝手にやったことだ。

最悪だったのは、そんな愚鈍な男のもとに『毒婦』を送ったことだったとラルフガルドは考える。

さっさと逃げ帰ってくるような女ではなく、男を手玉に取るような魔性の女ならば、馬鹿な男などあっさりと言いなりにできるだろう。おそらく、そんな女が新たな国王に要求を突き付けにやって来たのだ。望むのは地位か金か。忌々しいことこの上ない。

「おとなしくしていればいいものを……」

さすがに、何の理由もなく王族を殺すことはできない。周りの貴族たちはそんなことにすら口を挟もうとする。

いずれ弟王子は地方の小さな修道院にでも隔離すればよいと思っていた。トカゲの身の化け物にはお似合いだし、身分も不要だ。修道院にある地下牢につないだっていい。

反抗するようならば、それを理由に処刑してしまえばよい。むしろ是非抵抗して欲しい。

「なぜ父上はさっさと殺してしまわなかったのだろうな？」

チェザリスにこの後の指示を与えると、ラルフガルドは謁見の間へと向かった。


アイナとレグザスは、中庭で長い時間待っていた。

王宮からはまだなんの知らせもない。取り囲む騎士たちも困惑しているようだが、レグザスが大きな口を開けてあくびをした瞬間、騎士たちの間に緊張が走り剣が動いていた。

だいぶ時間が経ってようやく先ほどの騎士が戻り、「謁見の間へお越しください」と告げた。

アイナとレグザスは視線を交わして、ほっと一息つく。

だがそんな様子は微塵も外には出さず、「お名前は？」とアイナは騎士に尋ねた。

「ゲオハルト・マイルズと申します」

「そうですか。マイルズ様、ありがとうございます」

彼に先導され、レグザスとアイナが歩きだす。レグザスに括《くく》りつけていた荷物はマイルズが運んでくれた。

アイナの後ろをのしのしと歩く竜を見て、自然と騎士たちが道を開ける。

「……そ、その」

マイルズが頬を引き攣《つ》らせた。まさか謎の生き物も一緒に謁見の間に行くつもりだとは思わなかったらしい。だが、アイナはレグザスを置いていくつもりはもちろんない。

「竜も一緒に拝謁《はいえつ》いたします」

しれっと答えるアイナの言葉に、マイルズが息を呑む。おとぎ話にしか出てこない竜の存在を、アイナ自身がはっきり言葉にして認めたのだ。伝説の生き物を見て彼は困惑しながら、中庭からほど近い扉へと一人と一匹を案内した。


謁見の間はとにかく広かった。

入口も大きくて、レグザスでも楽々と入ることができた。天井は高く、白い壁に金で樹木や動物が描かれている。周りの壁も輝くように白く、そこに紅い天鵞絨《ビロード》のカーテンが掛けられていて豪華さを演出している。正面の壇上の玉座にはまだ誰もおらず、ルシュターナ王国の紋章が金糸と銀糸で織り込まれた薄青色のタペストリーが掛かっていた。

アイナはその様子に呆気に取られながら部屋の中を見渡していた。それはレグザスも同様で、初めて入った謁見の間は絢爛豪華《けんらんごうか》すぎて目が眩《くら》みそうだった。壁に沿って何人もの人間が控えていて、アイナは思わず気圧《けお》されて足がすくむ。だが彼らも入って来たレグザスを見て動揺したのが分かり、少し心強くなった。

そして騎士たちも剣を抜いてはいないものの、アイナとレグザスを囲んで警戒している。

そこに扉の開く音が響いた。周りに立っていた人間が一斉に頭を垂れる。アイナも深く腰を折り頭を下げ、レグザスは後ろ脚を折り前足を揃えた。

国王が玉座に腰掛けるのが分かった。アイナはそのまま磨き込まれている床をただ眺める。

「顔を上げよ」

バリトンの張りのある声に、周りの人間が一斉に頭を起こす。アイナも少し焦って顔を上げた。するとと正面に、緋色の高貴なマントをゆったりと掛けた王の姿が見えた。

明るい茶色の髪とヘーゼルの瞳。丸い形の目が実年齢よりも若く見せている。ほどよく焼けた浅黒い肌が印象的だった。精悍《せいかん》な顔立ちと、しっかりと鍛えられた身体つきが、男としての魅力とも、王としての力の象徴とも見えた。そしてエドウィンとはなに一つ似ていない。血を分けた兄弟でもこんなに違うものなのかとアイナは思った。

口端だけを釣り上げた国王ラルフガルドが、アイナに目を向けた。

「エドウィン王子の使者だとか？」

その口調は柔らかだった。だがアイナは、ラルフガルドの今にも射殺しそうなまっすぐな視線に、思わず目を逸らしそうになる。声だけ聞けば、自分は歓迎されていると勘違いしてしまっただろう。それほどに王の視線以外は、すべてが穏やかだった。

アイナはゆっくりと一度優雅に礼をする。

「お初にお目に掛かります。アイナ・ルーウェンと申します。隣におりますのはエドウィン王子と私の子、竜のレグザスにございます」

堂々と言いのけるアイナに合わせて、レグザスも頭をぐいんと大きく下げた。

「……子？」

「竜……」

ざわりと場内がざわめき、ぽかんとする取り巻きたちが視界に入ってくるが、そちらは無視する。

そしてアイナは片腕をまっすぐ前に伸ばして、国王に見せた。その左手には大きな宝玉が付いている。

「前国王が、今は亡きミラ王妃様へ贈られた、『イリャント・ノーム』と共に参りました。正式な使者の証《あかし》にはなるかと存じます」

宝石がアイナの指にあることの意味に、国王だけでなく周りの人々もはっと息を呑んだ。

「それは遠いところをご苦労だったな。アイナ・ルーウェン」

ラルフガルドが声を掛ける。だが、そこに歓迎の言葉はない。

アイナはそれを感じながらも、玉座に座る男に向かってにっこりと微笑んだ。

「まずは新たな国王陛下の誕生を、エドナの地におりますエドウィン王子に代わりましてお祝い申し上げます。陛下の御世が末永く続きますように」

定型の挨拶を述べて頭を下げる。畏まっているがどこか白々しい言葉に、レグザスの目が呆れたようにアイナを見た。

そして一度呼吸を整えて、国王へ向き直る。

「このたびは国王陛下にお願いの儀があって参りました」

「そんなことだろうと思っていた。言え」

ただ祝いの言葉を述べるためだけにアイナが来たなんて思うはずもない。あからさまなセリフをラルフガルドが出すが、彼の態度は相変わらず温和だ。

「エドウィン王子のお命と、王直轄地であるエドナの城、それからその付近の国境の森を頂きたく存じます」

アイナはさらりと答える。

「……なに？」

さすがにラルフガルドも面喰らったようだった。なにを予想していたのかとアイナは逆に問いたくなる。

「それはすべてこの国の重要事項に関するものだ。よもやただで手に入るとは思うまいな？」

面白そうに口の端を歪めたラルフガルドは、アイナの一挙手一投足《いっきょしゅいっとうそく》に隙がないか見ているようだった。

「対価としてなら――」

アイナがにっこりと笑う。

「調合師としての私はいかがでしょう？」

「調合師？」

「はい。エドナでマティルダ・ヨルンを師として学びました」

マティルダの名に、部屋の隅にいた老人が杖を落として驚いているのが目に入る。年老いた彼女の名は過去を知る者には有名らしいので、そういう反応が返ってくるのだろうか。

そして、アイナ自身が対価になることをエドウィンは知らない。そのことにわずかに胸の奥が痛む。でも、調合師になることを選んだ時から自分自身で決めたことだった。

「大きく出たものだな。使いものになるのか？」

「陛下のお役に立てるものと自負しております」

そうは言いながらも調合師としてはまだひよっこだ。全てはったりだが仕方ない。名前を出されたマティルダも苦笑いすることだろう。

「それから、レグザスを騎士として仕官させましょう」

「……騎士に仕官だと？　人ではなく竜をか？」

訝《いぶか》しむようにラルフガルドが口を開く。

「私の子にございます。子が国王陛下のもとで功績を上げるのは親の誉《ほま》れ」

くすりとアイナが笑う。

「レグザスは伝説の竜です。空を飛び大きな力を使えます。エドナから丸一日でやって参りました。失礼ながら、陛下の騎士団一隊の数倍は働けるかと」

部屋にいた騎士たちが色めき立った。彼らを馬鹿にしたのだ、怒るのは当然だろう。だがレグザスは実際に有能なので、自分の言葉に嘘はない。これが親の欲目ってヤツかしらねぇ、と考えながら隣の竜を見遣る。レグザスは、目を細めて嬉しそうに翼をバサリと動かした。

「随分と良く躾《しつ》けてあるものだ」

「話せば容易《たやす》いことです。竜の言葉は陛下にも届きましょう」

「なに？」

ここで国王が乗るかどうか。それがアイナの賭けだった。

「レグザスにお触れください。陛下ならば竜の声が聞けるでしょう」

ポンポンとレグザスの前足を叩く。そして挑むような視線をラルフガルドへと送る。

「面白い」

王の隣に控えていた側近が慌てて玉座に近づくが、側近の制止を振り解《ほど》いたラルフガルドは、すっくと立ち上がってアイナを睨む。普通ならば竜など怖くて近づきたくもないだろう。悠然と歩いてくる国王に、アイナの方が気圧《けお》される。ぐいっとレグザスが首を下げ王の近くに顔を持ってきた。

ラルフガルドが手を差し出して触れる。

『国王陛下。レグザスと申します』

まだ幼さの残る声にラルフガルドは目を見開いた。そして笑みを浮かべる。

「英雄の名を持つ竜よ、余に仕えたいか」

『はい。父と母の願いが叶った暁《あかつき》には、陛下のもとに飛んで参ります』

広間にひしめく人々は、一体どうなるのかと王と竜の様子を窺《うかが》っている。彼らには竜の言葉は聞こえない。威厳のあるラルフガルドの声だけが響き、それが竜と会話をしているのだと知らしめる。

ラルフガルドがレグザスの額を撫でると、竜はそっと目を瞑《つぶ》った。それはまるで神聖な儀式のようでもあった。

「そういうことか」

ラルフガルドがふっと笑い、小さくアイナへ言い捨てると、そのまま玉座へ踵《きびす》を返した。

彼女は小さく溜息をこぼす。

賭けのひとつはアイナの勝ちだ。おそらく国王はレグザスを気に入ったはずだ。

レグザスはエドナにいても、太陽の下で大空を飛ぶことは叶わない。国王の庇護と名の下で生きた方が良い。それはエドウィンが決めたことだ。

そしてレグザスも、自分の存在がどれだけ人に畏怖の念を抱かせるかもう知っている。

騎士への仕官は、国に従順であることを示すためのものだ。たとえそれで、他国とのつまらぬ争いに使われることになったとしても。これは国へのレグザスの命乞いでもあり、レグザス自身が望んだことでもある。なんとしても生きるのだ。危険な存在だからと殺されたくなどない。

だけど、とアイナは思う。

レグザスの力だけを国王に渡すつもりはない。レグザスが進む道は父である自分も一緒だ。

――せいぜいレグザスと私を使えばいい。

だからエドの命はくれてやらない、絶対に。

「なるほどな。お前は『白き魔女』とでも言うべきか」

玉座に深く腰掛けた男は、静かに笑みを浮かべる。アイナはその安易な二つ名を付けられて眉根を寄せた。『魔女』とは調合師の蔑称《べっしょう》だ。そして『白き』とは今アイナが身に付けているマントの色からだろう。調合師であるからには魔女と呼ばれることに異論はない。『毒婦』なんてものよりずっと良い。だが、この国王の言葉にはそれ以上の侮蔑が含まれている気がする。

「エドウィンと共にいても先はないぞ、魔女」

それは王の宣告だった。

アイナが睨む。だが睨んでも何もできないことはアイナ自身もよく分かっている。

「陛下の危惧されるようなことは何もございません。エドウィン王子は自身の廃嫡を望んでおります」

アイナの言葉に、謁見の間が一瞬で鎮まる。そしてすぐにさざめき始めた。

「平民になると言うのか？」

「はい」

「平民がエドナの城に住むとはな」

ラルフガルドが笑う。その声は好ましく受け取っているものではなかった。

「だが廃嫡となると……」

ラルフガルドが手を顎に当ててアイナを見遣る。

「前国王にも相談せねばならぬ。そなたの要求も検討する必要がある。『白き魔女』よ、それまでしばらく王宮に滞在されるがよい」

そう言ってラルフガルドは椅子から立ち上がると、そのまま振り返りもせず去っていった。

礼をして見送り、一息ついて隣に立つレグザスに身を寄せると、竜は心配そうにアイナを見た。

『緊張したね、お父さん』

こちらの手の内はすべて出したのだ。後は国王がどう判断するか。

アイナは、安心させるようにレグザスに笑顔を向けた。

散会となってもどこへ行けばいいのか分からないアイナのもとへ、二人の騎士が近づいてきた。

「お部屋へご案内いたします。どうぞこちらへ」

「レグザスは……？」

「竜を中へ入れることはできません。中庭に留め置くようにとのことです」

『お父さん、僕は大丈夫だから行って』

レグザスならば危害を加えられることはないだろうが、それでもそばについていてやれないことに不安になる。

騎士たちの案内で謁見の間の扉を抜けると、先ほどの中庭の見える廊下に出た。

空を見上げればもう夕方で、日が落ちかけていた。建物の影が長く伸びている。

アイナはようやく自分が息をしていると実感がした。やはり国王の前では緊張していたのだ。背中に冷たい汗が流れるのを感じ、思わず身震いする。

そのまま連れられて辿りついたところは、武装した兵が二人、両脇に立つ扉の前だった。

「ゆっくりお休みください」

「なっ！」

アイナが思わず声を上げる。だが騎士たちは意に介さず、そのまま立ち去ろうとした。

「あ、待って！　荷物を知りませんか？　マイルズ様に預けた……」

「さあ。見つかりましたらお持ちしますよ」

アイナは呆然としながら、そのまま去っていく二人の騎士を見送った。

振り返って扉のそばに立つ衛兵を見れば、彼らは困ったような顔をしながらも扉を開けてくれた。

そろりと部屋に足を踏み入れる。狭くはないが、ただベッドと小さなテーブルがある簡素な部屋だった。隣にある小さな部屋は浴室になっていた。壁には、明かりを採るためのはめ殺しの窓がひとつだけ。今入って来た扉を見れば、鍵は付いていない。それは、立て籠らせないための部屋なのだろう。そしてドアの見張りは、万が一にもおかしなことを企てないようにという脅しだ。

「え……」

これではお客様待遇というよりは、体《てい》の良い軟禁に思える。

きれいに整えられているベッドのシーツを撫でて、アイナは大きく溜息をついた。

19　麗しの王妃様

「起きなさい、アイナ・ルーウェン！」

甲高い女の声と食器がぶつかる鋭い音がして、アイナは目を覚ました。

身体に掛かっていたシーツを剥ぎ取られる。あまりのことに、なんなのどうなっているの!?　と声を上げたいがとっさには出てこない。再び上から女の声が降ってくる。

「みっともない格好ね、あなた」

ベッドの上で下着姿を晒されて馬鹿にされて、アイナは怒るというよりは悲しくなった。

寝間着がないのだ。そして着替えもない。昨日持ってきていた荷物はどこかへ行ってしまった。

そしてなぜか目の前に見ず知らずの若い女がいる。質素な侍女の格好をしているが、流れるようなブロンドの髪には高そうな飾りが付いていた。

「あなた……誰？」

奪われたシーツを慌てて奪い返しながらアイナは聞いた。

「セーラ・ロゼイン。ロゼイン侯爵家の娘よ」

つん、とそっぽを向くこのセーラという娘に、アイナは朝からげんなりさせられた。おそらく行儀見習いとして王宮に入った侯爵令嬢なのだろう。それがどういうわけかアイナの世話係になったらしい。

「あなた、アイナ・ルーウェンなんでしょ？」

鼻で笑ったセーラに、悪寒がした。もしかして、王都でのアイナの例の噂を知っているのか。

「なんであなたのような人の相手を、私がしなくちゃならないのかしら？」

「……相手はしなくていいわ。侯爵令嬢にわざわざしていただかなくても」

「そう？　なら必要なものを届けてあげるだけにするわ。食事は置いておくから勝手にしてちょうだいね。欲しい物は？」

「寝間着があれば夜にでも届けていただきたいの。ありがとう、セーラ」

仕事はきちんとこなすつもりらしく、分かったと返事をして彼女は部屋から出て行った。

まるで嵐のようなセーラの登場に、思わず溜息をつく。服を着てテーブルの上にある朝食を見れば、それはエドナ城のものとは比べものにならないくらい豪華なものだった。

「これからどうなるのかしらね？」

フォークで白身魚をつつきながら漫然とつぶやく。

昨日は三度、部屋から出ようと思ったのだ。そのたびに扉の前にいる衛兵に押し留められた。

「完璧に監禁じゃないの！」と文句を言っても、知りませんの一点張りだった。

今日一日も長くなりそうだと、アイナはなにもない天井を見上げた。


アイナが退屈のあまりぐったりとベッドに座り込んでいると、ノックの音が聞こえた。

慌ててマントを羽織って立ち上がって返事をすると扉が開く。

「ご機嫌はいかがですかな？　ルーウェン嬢」

小馬鹿にしたような顔でそこに立つ金髪の男を見て、アイナは大きく目を瞬《またた》かせた。

「シュ、シュルツ様⁉」

「ふーん。覚えていてくれたのか」

面白そうにシュルツの青い目がアイナを捉える。

忘れるはずはない。冬のエドナ城にやってきて、散々アイナを混乱させた王宮査察官のガーランド・シュルツだ。なぜここにいるのだろうか。

「陛下より、王宮を案内するようにとのご命令でね」

アイナは眉間に皺を寄せる。どうせシュルツは見張り役なのだろう。謁見の間でのあの国王の冷たい視線が目に浮かぶ。

「ならば、レグザスのいる中庭に連れて行ってください」

「……それは厳しいな」

そう言いながら、シュルツはアイナを連れて廊下を歩く。しかし中庭へと続く通路には兵が立っていて、先へ進めないようになっていた。

「通してください！」

「竜がいますので危険です。誰も近づけないようにしております」

衛兵に淡々と告げられ憤るアイナに、溜息をついてシュルツが言う。

「当たり前だろ。関係者のあんたはなおさら近づけるわけにいかない」

「……そういうことを、私に言っても良いのですか？」

シュルツがニヤリと口の端を上げる。

「俺は陛下の覚えがめでたいんでね」

自分で言うのかと呆れるが、王宮査察官としては若いシュルツだ。実力はあるのだろう。

「レグザスに会わせて」

「会わせるわけにはいかないが、見るだけなら良いだろう」

静かに怒りの空気を纏《まと》ったアイナを連れて、シュルツは別の場所へ向かった。

広い階段を昇って、大きな扉の前にたどり着いた。上を見ると『図書室』の文字がある。中は天井が高く広い空間となっていて、壁一面に本棚が並んでいた。右側を見るとそこにも書架が立ち並んでいる。その先は暗くてどれぐらい奥行きがあるのか分からない。

アイナはその広さに圧倒されて立ちつくしてしまった。さすが王宮の図書室だけはある。エドナ城とは比べるまでもなかったが、それでもアイナは、あの居心地の良い長椅子のある、古い本や植物の本ばかりが並ぶエドウィンの図書室を思い出して寂しくなった。

王宮の図書室は閑散としていて人の気配はなく、こんなに本があるのになんだかもったいない。

「こっちだ」

ぐるぐると部屋を見渡しているアイナに、シュルツが顎で別の方向を示す。

その先には大きな格子窓があった。そこを覗《のぞ》くと少し遠くに中庭が見える。そして庭の真ん中にレグザスが丸まって寝ているのが見えた。

「レグザス！」

アイナは思わず叫んで窓をガンと叩く。だが遠すぎて、庭にいるレグザスにはアイナの声も窓を叩く音も届かなかった。

「ここは図書室ですのよ。どうぞお静かに」

美しく透き通る声がアイナの背後から響く。レグザスが気づかないかと、もう一度ガンと窓を叩く。

「ご、ごめんなさい」

アイナは慌てて振り向いた。

少し離れたところで若い女が、数冊の本を抱えて立っていた。

そんな彼女の姿に思わずアイナは息を呑んだ。

まるで熟れた麦の穂のような黄金色の髪は輝いて、緩やかなウェーブを描いて垂れている。瞳は、吸い込まれそうなほど深い群青色だ。あどけなさを留めた美しい顔で、口元には微笑を浮かべている。だた、その陶器のような肌がなんだか青白いことがアイナは気になった。

「ルーテシア王妃……」

隣でシュルツが頭を下げる。アイナはぎょっとして彼を見て、それから慌てて礼をした。

「申し訳ございません。王妃様がいらしていたとは知らずに――」

だが、アイナの言葉は途中で途切れてしまった。ドサリ、と音がして思わず顔を上げる。

彼女が持っていた本を落とし、よろめいて棚へ手をついたのだ。

「王妃様⁉」

アイナは、急いで駆け寄って彼女を支える。ルーテシアの顔は真っ青だった。

「……大丈夫です。いつものことですから」

「いつものこと⁉」

思わぬ答えに驚いて、シュルツを見ると、彼は慌てて首を横に振った。

「お医者様か誰かを呼んで！」

アイナは言うが、シュルツが躊躇《ちゅうちょ》する様子を見せる。

「私なら逃げないわよっ」

キッとシュルツを睨む。だれがこのまま王妃を放置して逃げるというのか。

「結構です。誰も呼ばないで」

ルーテシアがアイナの腕を掴んで止める。

「でも……」

「病気じゃないの。だから大丈夫よ。ねえ、部屋まで送ってくださらない？　侍女は下がらせてしまったから」

そう言われればアイナもシュルツも断れるはずがない。ゆっくりとルーテシアを立ち上がらせ、アイナは彼女の細い腰を支えた。

王妃の部屋に着くと、侍女たちの慌てる声に囲まれた。男のシュルツは部屋の隅に追いやられる。

「王妃様！」

「早くベッドの用意を」

騒ぐ侍女たちの真ん中で、ルーテシアは椅子に座ってじっとしている。

「痛み止めをお持ちしますわ！」

「痛み止め……」

思わずつぶやくと、今までアイナのことなど目に入っていなかった侍女たちが一瞬止まった。

「あなた、どうぞもうお引き取りください」

年嵩《としかさ》の侍女が眉間に皺を寄せて、厳しい視線を寄こす。だが、アイナは彼女に笑顔を向けた。

ルーテシアに効きそうな薬に心当たりがあったからだ。

「私、エドナで調合師をしております。王妃様に合う湯薬《とうやく》をご用意できるかと思います」

「ちょ、調合師……？」

アイナの言葉に侍女たちが戸惑う。たしかに、見ず知らずの自称調合師の言うことなど信用できないだろう。ましてや王妃に飲ませる薬を、簡単に他人に任せられるわけがない。

「王宮付きの薬師《くすし》か調合師を呼んでいただけますか？」

アイナが微笑むと、一人の若い侍女が急いで部屋から駆け出していった。

「エレン！　待ちなさい！」

侍女頭らしき人が走っていく侍女を止めるが、彼女の耳にはもう届かない。

他の侍女に紙とペンを貸してもらって、そこに調合に必要な薬草の名前と量を書く。

アイナが知っている薬など、経験豊富な薬師や調合師に比べればわずかなものだ。だが、頭の中にはマティルダと一緒に作ったノートが浮かんでいた。

しばらくすると、先ほどの侍女が一人の男を連れて帰ってくる。

「薬師様をお連れしました」

歳はアイナと同じくらいの男だ。丁寧に王妃へ挨拶をした。

「で、調合師というのは？」

薬師は部屋の中をぐるりと見渡す。

「はい、これを」と、アイナは書いた紙を彼に押し付けた。

彼は調合師が若い女であったことに驚いたようだが、そのまま紙に視線を落とす。

「痛み止めです。王妃様のために作っていただきたいのですが」

「痛み止めというのは分かりますが、これは珍しい……」

薬師はそのまましばらく紙を見つめて動かなかった。

やはり警戒されているのだろうかとアイナは首を傾げる。だが薬に対する知識はあるようで安心した。

「変な薬じゃないんだろ？」

シュルツが部屋の隅から薬師に声を掛ける。

「ええ、特に問題ありません。これを作ればいいのですね？」

笑顔をアイナに向けて、そのまま薬師は退出していった。

「本当に調合師なんだな」

シュルツが信じられない、といった顔でアイナを見た。

「……なんだと思っているのですか。さあ、もう私たちも帰りましょう」

アイナがシュルツを促す。あの薬師が湯薬を持ってくればそれで終わりだ。さすがに王妃の部屋に長居をするわけにはいかない。退出しようとノブに手を伸ばすと、先に外から扉が開いた。

「へ？」

アイナが顔を上げると、目の前にラルフガルドが立っている。

「……なぜお前がここにいる？」

ラルフガルドが低い声で唸《うな》る。

「後ほど、シュルツ様にでもお聞きくださいませ」

ムッとしながらもそのまま淑女の礼を取って、アイナはさっさと廊下へと飛び出していった。

おそらくラルフガルドは、ルーテシアが倒れたと聞き、急いで駆け付けたのだろう。そういえば国王も新婚だったな、と思いながらカツカツ音を立てて廊下を歩く。

アイナにとってラルフガルドは腹の立つ人物でしかないが、ルーテシアにとっては夫だ。美しくも幼げな王妃にとって彼はどのような存在なのだろう？　あの男が妻へ甘い言葉を囁《ささや》くのを想像したら、アイナは無性に腹を抱えて笑いたくなった。そして泣きたくなる。

「どうすればいいのかしらね」

アイナには敵意を向ける国王を納得させて、エドウィンのもとへ帰る方法が思いつかない。

ふう、と息をついて、後ろから付いてくるシュルツを見た。

「図書室に戻りたいのですけれど」

「……反対方向だ、馬鹿」


結局、アイナはずっと図書室に籠っていた。本棚に並ぶ薬草の本を眺めるがエドナ城にあるものと大して変わらない。ただ本は順序良くきれいに並んでいて、エドウィンがやるようにぎゅうぎゅうに詰めこまれてはいなかった。そこから調合に関する本を見つけて取り出す。窓のそばに椅子を置き、そこで本を広げた。

時々窓の外を眺めると、レグザスが大きなあくびをしたり、中庭の花の匂いをかいでつまみ食いしたりしている。そうやって外を見ていると、退屈に痺《しび》れを切らしたシュルツがアイナを引きずるようにして部屋に押し込んでいった。

気が付けば外も暗くなっている。やることもなく座っていると、勢いよく部屋の扉が開いた。

「食事とご要望のものを持って来たわ」

セーラが相変わらずツンと澄ました顔で入ってくる。

「……ありがとう」

礼を言いつつもセーラの早い退出を望む。だがしかし——

「あなた、エドナから竜に乗って来たんですって!?」

セーラが目をらんらんと輝かせてアイナを見ていた。

王宮の侍女たちにもその話は広がっているのだろう。人で溢れる王都も、王宮では行動範囲が限られているので、意外と退屈らしい。噂好きな女たちが話のネタに飢えているのはよく分かる。アイナだってセーラの立場なら、他の侍女たちと噂話に花を咲かせていたかもしれない。ただ、その噂の中心にはなりたくないだけだ。

散々聞きたいことだけ聞いて出て行ったセーラを横目に、取り寄せた荷物を広げてみた。

「……なによ、これ」

それは薄い水色のネグリジェだった。可愛らしい小花の刺繍《ししゅう》がまんべんなく散らされている。

「これって寝間着の意味があるのかしら？」

風邪を引きそうなほど生地が薄い。それともこれが王都で流行《はやり》のものなのだろうか。

向こうの壁が透けて見えるネグリジェを両手で広げながら、アイナはうーんと首を捻《ひね》った。

20　薬師《くすし》と調合師の出会い

セーラが持ってきてくれた朝食を食べていると、扉をノックする音が聞こえた。

許可の返事を聞いて扉を開けたのは、昨日王妃の部屋で会った若い薬師だった。

「お話を伺えればと思いまして」

指示した薬になにか問題があったのかと思い了承すると、ぞろぞろと複数の男が入ってきたので、アイナは思わず叫び出しそうになった。

「お食事中だったのですな。出直しましょうか？」

アイナに声を掛けたのは、杖をついた老人だった。顎には白くて長いひげがあり、背の低さも手伝ってか妖精のようで可愛らしい。男たちの中で一番の高齢のようだ。

首を横に振り、慌てて目の前の椅子を老人へ勧める。

小さいテーブルを挟んでアイナと老人が座り、老人の後ろには七人の男が立ち並んだ。大して広くもない部屋に男がずらりと並ぶと、なんだか息苦しい。そういえば、謁見の間でマティルダの名を聞いて杖を落としそうになった老人だった。

「ワタシは王宮で薬師の長をやっとります、マシアス・シェクターと申します。後ろにいるのは全員王宮付きの薬師で……」

それから、七人の男たちがそれぞれに自分の名前を告げる。

「実はですな、あなた様の荷物をお返ししようと思いまして」

マシアスがそう言うと、後ろの一人が銀のトレイをテーブルの上に置いた。そこにはアイナが持ってきた鞄の中身がきれいに並べてある。ほとんどはエドナから持ち込んだ薬ばかりだったが、トレイの端に着替えの服と下着が置いてあるのが目に入る。

「うにゃっ！」

アイナはおかしな叫び声を上げて服と下着を奪うと、それを慌ててベッドの中に突っ込んだ。

「な、なっ……！」

恥ずかしさで顔が真っ赤になるのが分かったが、どう文句を言ったらいいのか分からない。すると薬師のうちの何人かが照れたようにアイナから目を逸らしたので、アイナはもう彼らを見られなくなって下を向いた。そんなアイナにマシアスが申し訳なさそうに言った。

「調べろとのお達しでして。たくさんの薬をお持ちでしたから怪しんだのでしょうなぁ」

マシアスがほっほっと笑う。

「ワタシらは薬師です。これらの薬草に関してはすべて調べましたが、調合師が作る物となると、分からないものもあります。ですから王宮付きとしての矜持《きょうじ》もありましたが、直接お聞きしたいと参った次第です」

怪しいから調べているのだろうに、その本人に聞いて良いのかと不思議になる。

だが薬師《くすし》たちは真剣だった。おそらくは薬師としての好奇心と知識欲がアイナのような小娘にまで頭を下げさせるのだろう。

マシアスがトレイの上の瓶を手に取り、アイナに手渡す。これが薬師たちの興味を引いているものらしい。

「……これはただ、エルガリアを錠剤にしただけです」

薬師たちが一様に目を見開いて驚いた。その反応に、アイナは面白くなる。

「そのまま湯薬《とうやく》にして飲んでも美味しくなかったので、錠剤にしてみました」

どうだ、とばかりに瓶をかざす。中に入っている薬がシャランと音を立てた。

「……女性が飲んだのですか？」

後ろにいる若い薬師がぽかんと口を開ける。アイナは少し落ち込んだ。

「エルガリアは希少種。それを、これだけたくさんの錠剤にできるくらい手に入れたとおっしゃるのですかな？」

マシアスが真剣な目をしてアイナを見つめる。

「ええっと、エドナ城にはわさわさと生えておりまして」

アイナの言葉に部屋がどよめく。

「わ、わさわさ!?」

「生える？　一体どのように!?」

薬師たちは記録しようと紙を取り出して必死にアイナに尋ねる。一方アイナといえば、まさかそこまで真剣に聞かれると思っていなかったので、びっくりしてしまった。エルガリアを育てるのはエドウィン任せなので、栽培方法は知らないのだ。

「それはちょっと分からなくて……。夫に聞かないと」

アイナが誤魔化すようにフニャリと笑うと、薬師たちはあからさまにがっかりした。

それは面白くなかったが、仕方ないと諦めてマシアスに向き直る。

「このエルガリアを売りたいのですが、買い手はあるのでしょうか？」

「ほう？　……まあ需要は相当あるでしょうな」

「国王陛下との交渉が駄目だったら、エドナの城を買う足しにできないかと思いまして」

アイナの言葉にマシアスが目を見開き、そしてかかかっと笑う。

「面白いことをおっしゃる。さすがあのかたのお弟子さんだけはありますなぁ」

目を細めて、まるで過去を懐かしむようにアイナを見た。

「エルガリアを少し分けていただけますか？　売れるかどうか確認してみましょう」

もちろんアイナには断る理由もない。お願いします、と言って小瓶を渡した。

薬師たちが引き上げていくと部屋が一気に広く感じられて、ほっとする。

王宮に来て初めて、自分を認めてくれる人に出会った気がして、アイナは嬉しかった。

執務室で、ラルフガルドはエドナからの使者について考えていた。

――目が気に入らない。

謁見の間で初めて会った時に、真っ先に思ったことはそれだ。

白いマントを纏《まと》ったアイナ・ルーウェンという女は、薄く微笑む形の良い唇も、なめらかな白い肌に少し上気した頬も、教会の壁に描かれる天の御遣いのようだったと褒めてやっても良い。

だが、まっすぐに向けられた深緑の瞳は恐れを知らないのかと思わせる、不遜な目だった。

そして隣にいる不気味な生き物もまた、ラルフガルドをまっすぐに見ていた。金色の目は蛇やトカゲなどの爬虫類そのものだ。全身を覆っている鱗《うろこ》は赤褐色に艶めいていて、見る者によっては吐き気を催《もよお》すかもしれない。神に命じられてルシュターナの門を守護しているという伝説の竜は、こんなにも生々しいものだったのだろうか。

だから、魔女が、「竜に触れろ」と言ってきた時は、なんの茶番かと思った。国王を試すなど不敬極まりない。だが、「竜の話す言葉が国王には聞こえる」と言われた時に、魔女が何を言いたいのかが分かった。

国王には聞こえるが、他の人間には聞くことができない。竜は、このルシュターナ王国では神に従う伝説上の生き物だ。それが神ではなく国王に隷属《れいぞく》したらどうだ？　これほど王の権力を誇示できるものはない。

もちろん人間が竜を言いなりにさせられるかは分からない。だがアイナは自分の子だと言って易々と扱い、そしてラルフガルドにあっさりと従わせた。ただし対価と引き換えにだ。

あの魔女は愚鈍な王子を操ってなにを考えている？

いや、もしも王子が愚鈍ではなかったとしたら？

考え込むラルフガルドのもとへ、一人の騎士が飛び込んできた。離れた場所で机に向かっていたチェザリスが、何事かと顔をしかめる。

「竜が暴れている？」

そう報告する騎士の言葉を、ラルフガルドが鸚鵡《おうむ》返しに答えた。

「今までおとなしくしておりましたが、先ほどから暴れ始めまして」

ラルフガルドが立ち上がる。

「危のうございます！　陛下！」

チェザリスは慌てて制止するが、ラルフガルドはそのまま部屋を飛び出した。

レグザスは尖《とが》った太い尻尾をぐるんと回し、自分を取り囲む騎士たちを威嚇《いかく》していた。剣を向けてはいるが、騎士たちは飛び掛かるわけではなく、じりじりと間合いを詰めていた。だが風を斬るように振る尾に跳ね飛ばされそうになるため、思うように事が運ばない。

レグザスが大きく唸《うな》る。だがふと顔を上げ、早足で向かってくる人物に目を向けた。

「レグザス」

ラルフガルドが呼びかけると、一瞬にしてレグザスが鎮まる。取り囲んでいた騎士たちがその変わりように驚きの表情を浮かべた。騎士たちが国王を守ろうとするなか、レグザスは翼を収め、まるで犬が飼い主に従うように腰を降ろし座る。そして首を垂れた。

ラルフガルドがその頭に触れると、レグザスの声が聞こえてくる。

『国王陛下。閉じ込めるのはやめてください』

「お前を閉じ込めているつもりはないがな」

『僕じゃない』

苛立つようにレグザスが小さく体を震わせる。

レグザスがアイナのことを言っているのはすぐに分かったが、そう簡単に帰してやるわけにはいかない。竜も魔女と同じくエドウィンの使者なのだ。

ラルフガルドはわざとらしく笑みを浮かべる。

「お前の母には調合師として用事がある。しばらくは会えない」

『お母さん……？』

レグザスはすぐに黙り込み、ただ一度、大きく目を瞬《またた》いた。

『では国王陛下。一度エドナに帰らせてください』

レグザスが金色の瞳をまっすぐに向けて訴える。

『僕は父と約束をしたのです。だから帰ります』

「エドウィンと？　ならばここにいるお前の母はどうなっても良いというのか？」

レグザスが喉の奥で唸《うな》る。だがラルフガルドにとって、もはやレグザスは脅威ではない。

ここで国王に牙を向ければそれもアイナを罰する理由になる。母親に従順な竜が逆らうことはないだろう。

『……でも、エドナに帰ると約束しました』

頑なに言い張るレグザスは、まるで駄々をこねる子どものようだと、ラルフガルドは思った。

「いいだろう。だが、余を乗せて行け」

『……陛下を？』

レグザスが怪訝《けげん》な声を上げた。竜にも表情があるのかと感心する。

「エドウィンと話をする必要があると思っていたところだ。ちょうどいい」

『母をどうするおつもりですか？』

「身の安全は保証してやる。それに今も不自由はさせていない」

『神に誓って、母の身を保証していただけますね？』

「分かった。神に誓う」

ラルフガルドをじっと見ていたレグザスが、わずかに笑った気がした。

「昼過ぎに出立する。一人護衛も連れて行く。いいな？　レグザス」

そう言い放つと、そのままラルフガルドは王宮の中へ戻って行った。

21　籠《かご》の中の鳥たち

薬師《くすし》たちが部屋から出て行って、またアイナは一人になった。

ベッドの上でぼんやりとしていると、差し込む光がほんの一瞬だけ遮《さえぎ》られる。

窓に近づくと、レグザスが飛んでいるのが見えた。ちらっとこちらを見たような気がするが、竜の姿は小さくなってあっという間に見えなくなった。

「……時間切れね」

窓に手を置いてアイナは一人つぶやく。国王との話が長引くようならエドナへ帰れと、レグザスに言ったのはアイナだ。レグザスはあくまでもアイナを守るとこだわったが、非力な女であるアイナに対して王宮は無体なことはしないからとレグザスに納得させた。

それよりもレグザス自身のことが心配だった。王宮の人間がアイナを盾に取って、レグザスを好きにすることも考えられる。竜が敵と認識されれば、夜中にでも狙われるかもしれない。それに、レグザスがエドナに帰れば、エドウィンを守ることができるはずだ。

レグザスがエドナに向かってくれて良かったと、アイナは小さく安堵の溜息をついた。

だが、飛び去るレグザスの背が気になっていた。そこに人の姿が見えたように思えたのだ。

まさか、と不安になる。

そこへ叩きつけるような音がして部屋の扉が開いた。驚いて振り返ると、そこには中年の小太りな男が立っていた。先日の謁見の間で国王に侍《はべ》っていた人物だ。彼の後ろにはシュルツの姿も見える。

「宰相のチェザリス殿だ」

シュルツはアイナに近づき小声で教えてくれるが、そんな彼をチェザリスは押しのけた。

「小娘。竜が陛下を連れてエドナへ向かったぞ」

怒りを抑え込んだ声でアイナに言葉をぶつける。

「……陛下が？」

悪い予感が当たってしまった。竜の背に乗っていたのがよりによって国王とは。

「お前が攫《さら》えと命じたのか？」

「まさか！　国王陛下も無茶をなさいますわね」

アイナが嫌味を込めてふっと笑うと、顔色を失ったチェザリスがアイナの胸倉を掴んだ。

「貴様！　陛下の御身になにかあったらただでは済まさんぞ！」

「宰相閣下！」

慌ててシュルツが止めにかかった。アイナから手が離れる。

アイナは胸元に手をやって息を整え、シュルツに羽交《はが》い締めにされている男を睨んだ。

「……エドになにかあったら、私は許さないから」

「ふん！　お前になにができる！」

そう言い捨てると、チェザリスはシュルツの手を振り払って、部屋から出て行った。アイナをちらりと見て、彼もそのままチェザリスの後に続く。

扉が閉められ一人になった後も、アイナは動けないでいた。


それからどれくらいの時間が経ったのだろう、アイナはかすかに聞こえるノックの音で我に返った。

扉を開けるとそこには侍女服の若い女が立っていて、アイナに向かって無表情でおじぎをした。

先日、薬師《くすし》を呼ぶために走ってくれた王妃の侍女だ。

「王妃様がアイナ・ルーウェン様をお礼のお茶会に招きたいとのことです」

「お礼？　わざわざ良いのに……」

アイナが目を瞬《またた》かせる。正直なところお茶会の気分ではないが、王妃の誘いを断れるはずもない。

「王妃様は、湯薬《とうやく》が効いたと喜んでおいででした」

廊下を歩きながら侍女が教えてくれた。こそばゆい気持ちになったアイナは口元を綻《ほころ》ばせる。

「いつも飲むお薬はおいしくないようで、辛そうにお飲みになりますし……」

「でも、良薬は口に苦し、とも言いますものね」

「そう、なのでしょうか……」

王妃の侍女は、なんだか納得がいかないような顔で眉根を寄せた。それは、毎日薬を飲まなければいけないルーテシアを心底心配しているからなのかもしれない。

小さな扉の前に辿り着くと、侍女はくるりと振り向いてアイナに言う。

「くれぐれも、王妃様に失礼のないようにお願いいたします、魔女様」

やはりまだ信用されていないのかと、アイナは憮然として侍女を見た。背の高い侍女は、やはり無表情のままアイナを見下ろし、扉を開けた。

扉の先は小さな庭だった。四方を建物で囲まれていて、顔を上げれば、四角く切り取られた青い空が見える。周りを見渡すと、背の低い木々が綺麗に剪定《せんてい》されて形良く並んでいる。

その庭の真ん中に丸いテーブルと椅子が置いてあり、勧められるままそこに腰を降ろした。

先ほどとはまた別の侍女が紅茶を用意してくれる。

「夕方になるとここも暗くなってしまいますから、あまり長い間お話もできませんけれど」

ルーテシアが困ったように言った。

その言い方に、お礼だけでなくなにか話があるのかと思ったが、心に留めるだけにする。

「昨日の湯薬は効きましたでしょうか？」

「とても楽になりました。『白き魔女』様、ありがとうございます」

ルーテシアがニコリと笑った。

「毎日飲むお薬はちっとも効きませんの。とても苦くて飲みづらいですし。せっかく隣の国から取り寄せていただいたのに、こっそり捨てちゃおうかしら、なんて思ったりしますのよ」

悪戯っぽく微笑むその様子につられて、アイナも笑顔になる。

だが、熱い紅茶の入ったカップが目の前に置かれた時、ルーテシアの表情に影がよぎった。

「わたくし、リリアージュからこの国に嫁いでまだ日が浅いものですから、あなたのこともよく存知上げなくて。陛下とお親しいかたでしたのね」

ルーテシアの思わぬ言葉に、アイナはぽかんと口を開けた。

「ど、どういう意味でしょう？　陛下とは先日、謁見の間で初めてお会いしましたが」

「え？　だって、昨日陛下とお会いになった時の様子とか、その呼び名とか……」

ルーテシアが俯《うつむ》いて、消えてしまいそうな声を出す。アイナは絶句してしまった。

どうしたら昨日のあのラルフガルドとの鉢合わせを、仲が良いと捉えられるのか？

二つ名を付けられることは親愛の印——と受け取ったということか？

「……陛下は私のことをなんとおっしゃっていたのでしょう？」

呆れながらも、ようやくアイナは聞いた。

「近づいてはいけないと」

「……それだけ？」

「それだけです」

それでは、ルーテシアはアイナがエドナから竜に乗ってやって来たことも、その理由も知らないということだ。

「……近づいてはいけないと言われたのに、私をお茶に誘われたのですか？」

「陛下がお留守なので、その間に本当のことを聞けるかと……」

アイナは溜息をつきそうなところをぐっと堪《こら》える。

おそらく王妃は、『白き魔女』と愛称で呼ばれる女が国王に取り入ろうとしていると勘違いして、湯薬《とうやく》のお礼のお茶会にかこつけて、真相を探ろうとした――というところか。

先ほどの侍女もアイナを良く思っていないようだったので、間違いないだろう。

「誓って申し上げますが、王妃様の考えているようなことはございませんよ」

にっこりと笑うアイナを見て、ルーテシアは口に手を当て、目を丸くした。

恥じるように目を伏せた王妃を見て、アイナはその素直な様子を微笑ましく思った。

そしてふと、昨日初めてルーテシアに会った時のことを思い出す。

「そういえば王妃様、昨日お会いした図書室は、立派なのにあまり人の気配がありませんでしたね？」

「いつも、私が行く時間には人が少なくなってしまって……」

ルーテシアが寂しそうに俯《うつむ》いた。そんな仕草すら美しい。

確かに図書室に王妃がいたら行きづらいだろうが、ここは王宮だ。むしろ王妃に取り入りたいと思う貴族がたくさん寄ってくるのではないか？

アイナはそこにラルフガルドの影を感じた。

彼は閉じ込めているのだ、この愛おしい大事な宝物を。これを溺愛と呼ぶのだろうか。

図書室にいるルーテシアに、余計な人間が寄らないようにする。魔女と呼ばれるアイナを近づけないようにする。隣国から嫁いで来たばかりの姫君は、ルシュターナのことをよく知らない。だから学ぼうと一生懸命図書室へ通っているというのに。

アイナは今度こそ大きく溜息をついた。

これはラルフガルドが悪いのだ。王宮の醜い争いがルーテシアの美しい瞳に映らないように隠しても、知らないことに不安になった彼女が、ラルフガルドの嫌う魔女を自ら招いてしまったのだから。きっとルーテシアは、ラルフガルドに腹違いの弟がいることすら知らないのだろう。

そう思うと、アイナは自分の中の黒い感情が抑えられなくなった。ラルフガルドにエドウィンを蔑《ないがし》ろにされたくなどない。

アイナは王妃に向かってにっこりと微笑む。

「王妃様、ルシュターナ王国の『トカゲの王子様』の話はご存知ですか？」

ルーテシアはかぶりを振るが、興味津々の顔でアイナをじっと見つめてくる。アイナはゆっくりと語り始めた。

日が落ちるころ、ルーテシアとのお茶会はお開きになろうとしていた。

そこへ、さくさくと一人の男が歩み寄ってくる。白髪まじりの髪を綺麗に撫でつけた壮年の男は、身なりも良く、高い地位にある貴族であることが分かる。その慇懃《いんぎん》な笑顔はルーテシアに向けていた。

「これはこれは王妃様。お茶会のお邪魔をしてしまいましたかな？」

「ちょうど終わりにしようと話していたところですわ。ギューヴェ様も会議は終わりましたの？」

ルーテシアもそつなく笑顔で答える。

「はい。今日は陛下がご不在ですから、他の大臣たちもすぐに帰りました」

では、このギューヴェという男も大臣なのか。黙って聞いていたアイナは、謁見の間でのことを思い出して居心地が悪くなる。

「これから日が暮れると寒くなります。室内にお戻りになってはいかがですか？　またお身体に障りますよ」

「ええ、いつも気に掛けてくださって、ありがたく思いますわ」

そう言って微笑むルーテシアを見て、ギューヴェは目を細める。そして今気づいたとばかりに、アイナに目を向けた。

「それは当然でございます。昔から魔女は色目を使うのが上手いのです。陛下との噂もございますので、私は王妃様のことが心配でたまりませんでした」

ルーテシアがはっと息を呑んだ。アイナはギューヴェを睨む。だからその噂はなんなのだ、と文句を言おうとした瞬間、アイナの頭上から、これまた不愉快な声が降って来た。

「あいにくと陛下はこの魔女が大嫌いでね。ご心配は無用ですよ、ギューヴェ殿」

それは本当のことなのかもしれないが、こうもあからさまに言われると虚しくなる。

口の端を上げて皮肉な笑みを見せるシュルツに、アイナは溜息をついた。


侍女に囲まれて王宮に戻るルーテシアと、王宮査察官に引きずられていく魔女。

それぞれを見送り、庭に残ったギューヴェは笑顔を消した。その長い足で、先ほどまでルーテシアが座っていた椅子を蹴り倒す。

「リリアージュのような小国の女が、この大国ルシュターナの王妃の座を得るなど！」

「しかしながら、陛下のご寵愛がございます。政略結婚だったとはいえ、民の受けも良い」

いつの間にか騎士服の男が後ろに控え、ギューヴェに声を掛けてきた。

「ふん。ならば陛下の隣には、本当は誰が相応しいか思い知らせてやる。……ああ、そうだ」

騎士服の男を睨んでいたギューヴェが、ふっとその目元を和らげる。

「あの女も使えそうだ。噂の『魔女』なのだからな」

ギューヴェは黒い笑みを浮かべながら、中庭を立ち去っていった。


王妃とのお茶会の後、アイナはシュルツに追い立てられるようにして廊下を歩いていた。

「勝手に出歩かれては困るんですがね」

アイナが部屋から急にいなくなったので、探していたのだろう。だが、王妃の遣いを断れるはずもないので、怒られる筋合いはない。シュルツの文句を無視していると、二の腕を強く掴まれた。

「ひと月はあんたの面倒をみることになっている。この意味が分かるか？」

「ひと月？」

エドウィンの使者へ返事を返すのに、なぜそんなに時間が掛かるのかと訝《いぶか》しんだ。

「子どもができていたら厄介だからな。前にも忠告したはずだぞ。余計な血は争いのもとだ」

こともなげにシュルツが言う。腕を振り払うこともできずにアイナの身体が動かなくなった。

すれ違う人々がいる広い廊下の真ん中で、二人は無言で向かい合っていた。射し込んできた夕日に、アイナの肌と白いマントがオレンジ色に染まっていく。

すっと目を細めたシュルツを見て、アイナの顔がくしゃりと歪む。

アイナの心の中に深い怒りが渦巻いていた。王宮はずっと、エドウィンを閉じ込めて押さえつけてきたというのに、なおもそれを続ける気なのか。彼が一体なにをしたというのだ。

アイナは自分の脚を持ち上げて、彼の脛《すね》を思い切り靴の底で蹴りつけた。

「うがあっ！」

悲痛な叫び声を上げて、シュルツが脛を押さえてしゃがみ込む。

「なにしやがるっ！」

「なにですって!?　あなた方がしてきたことに比べれば！　エドにしたことに比べればっ！」

拳を握って震えるアイナを、シュルツは黙って見上げている。

涙が出そうなのを必死で堪《こら》えた。泣いたら負けだと自分に言い聞かせる。

王族の血や富や、権力など、アイナにも、そしてエドウィンにも必要ないのに。彼の子どもを産んで、彼と共に生きていきたいだけなのに。なのにそれすらも許さないと王宮は言う。

悲しかった。エドウィンのいない世界など、考えたくもない。

すれ違う人々が立ち止まってなにごとかと見る。アイナは自分に宛《あて》がわれた部屋へ走ると、音を立てて扉を閉めた。誰も入ってこれないように鍵がかけられないことがくやしい。

シュルツに怒りをぶつけても仕方ないことは分かっている。ただ、もうシュルツの顔は見たくなかった。


ベッドの上でアイナは膝を抱えて小さくなっていた。

レグザスはいない。身体中に散らされた紅い痕は、もはや薄くなって消えかけている。

エドウィンと自分を繋ぐものが、どんどんそばからなくなってしまうのが怖かった。

手元に残っているのは、アイナが身に付けている白いマントだけ。

「帰りたいのに……」

いずれラルフガルドとレグザスは戻ってくる。レグザスが国王を傷つけることはない。もちろんそれはレグザスが優しい竜であることと、アイナが人質として王宮にいるからだ。彼らが無事戻ってくるまでは、ここに留《とど》まって待つしかない。

だから、エドウィンの身になにかあれば。

——自分こそが、ラルフガルドの喉に爪を喰い込ませるのだ。

膝を抱えたままぱたんと横に倒れ込んで、アイナは目を瞑《つぶ》った。

22　存在の証明

セーラはアイナの部屋に入るやいなや、手に持っていた朝食を危うく落としそうになった。

「起きていたの……？」

いつもはだらだらと寝ているアイナが、今日はすでに着替えてベッドに腰掛けていたからだ。

「私だってたまには早く起きるわ」

静かに笑うアイナを見て、セーラが眉根を寄せる。

「もしかして、寝ていないの？」

「寝たわ。ただ、早く目が覚めただけ」

明け方に起きたのは本当だ。ただそれからずっとボーッと天井を見上げていた。いったいどれだけの火薬の量があれば、この部屋を壊せるかなんてことを考えたりもした。

「あなた、また噂になっているわよ。ガーランド・シュルツが調合師の女に手を出そうとして、見事に蹴り上げられたとか」

セーラは可愛らしくクスッと笑う。どうやら噂は事実と違うらしい。『どこ』を蹴り上げられたのかとは聞かなくても分かる。

「馬鹿な男よね。皆、呆れちゃってるわ」

そんなセーラの言葉に小さく笑う。シュルツのために誤解を解いてやる気にはなれなかった。

わずかであっても、女たちの間でシュルツに対する評判が落ちたことにせいせいした。

だから、セーラが出ていった後、シュルツが変わらずに部屋に現れた時には心底がっかりしたのだ。

「感謝して欲しいな。俺が来なかったらここから一歩も出られないんだぞ」

恩着せがましいセリフだが、シュルツは脛《すね》を蹴られたことを怒っている様子はなかった。

それでもアイナが返事もせず歩き出すと、シュルツも黙ってついてくる。

とりあえずアイナは、帰ってくるはずのレグザスを待つために、中庭で本を読むことにした。

鳥のさえずりだけが聞こえる中、不意にアイナのすぐそばでサクッと芝を踏む音がした。

顔を上げると、逆光でよく見えなかったが誰か立っている。目を凝《こ》らすと、杖はついているものの老人と呼ぶにはまだ早い男が、アイナを見下ろしていた。

そのラルフガルドと同じ目を持った男に息を呑む。アイナは急いで立ち上がり礼をした。

前国王であり、ラルフガルドとエドウィンの父であるディランだ。

「そなたと話がしてみたいと思ってな」

ディランは、すっと背筋の伸びた威厳のある姿で、目の周りの皺を深くして面白そうにアイナを眺めていた。

「ここは眩《まぶ》しくて敵わん。場所を変えるぞ」

それだけ言うと、背を向けてゆっくりと建物に向かって歩き出す。まるでアイナが付いてくるのが当たり前だと言わんばかりの態度だ。戸惑っているとシュルツに背を小突かれて、進むよう促される。

アイナは、カツンカツンと杖の突く音を響かせて歩くディランの背中を眺めた。緩くウェーブの掛かった少し長い髪は白くなってきているが、ラルフガルドと同じ茶色をしている。体格の良い身体は、後ろを歩くアイナをすっぽり隠してしまうくらいだ。

階段を昇って何度か曲がると、ディランは特に変わったところもない廊下の真ん中で止まった。

「ここからでも中庭は見えるだろう？」

窓から顔を出すと、先ほどまでいた中庭を見下ろせた。

「指輪を見せてみよ」

アイナは、なくさないようにと首に掛けていたチェーンを外し、指輪をディランの大きな手に載せた。それを見て、ディランの口元が上がる。

「まさしく儂がミラに渡したものだ。また見ることになるとはな」

指輪を見つめるディランの目は、熱を帯びているようにも感じられた。

「唯一の形見だとお聞きしました」

「ああ、そうだろうな。ミラは、ほとんどの物をここに置いたままエドナに行ったのだからな」

ただ生まれて間もないエドウィンを抱いてだ。

「残念だったな。儂がこんなに早くに隠居せなんだら、そなたの立場もまた違ったのかもしれんのに」

ほれ、とディランが杖を持ち上げてアイナへ見せる。

「脚を痛めてしまった。もう馬にも乗れんのだ」

ディランが苦笑いをした。

ラルフガルドに王位が譲られたことで、確かにエドウィンの立場は変わってしまった。だからこうしてアイナが王都に来ることになったのだ。

「いつか状況は変わっていくのだと、エドウィン王子はおっしゃっていましたから」

「……エドウィンか」

ディランが顔を歪ませる。

「その名も儂が付けたものではない。奴にはなに一つ与えなかったからな」

アイナが目を開いて隣に立つ男を見上げる。

「そうだろう？　あれを見て儂の子だとどうして思える？　いや、儂の子ではないと思いたかった。不義の子が神の罰によって化け物にされたのだと思いたかったのだ」

「……ではなぜ、その時に廃嫡されなかったのです？」

自分の子ではないと、その時に決着させることだってできたはずだ。

「ミラが望んだからだ」

こともなげにディランが答える。

「ミラが、儂の足にすがりついて子どもの命乞いをしたのでな。自分の産んだ子ならば化け物でも愛しいなんて、儂には理解できなんだ」

ディランは中庭を眺めた。だがその瞳はどこの風景も映してはいないようだった。

「左の腕が特に酷かったな。だからあの腕を切り落とせば、王宮に残してやると言ったのだ。ミラ付きの騎士に剣を握らせてな」

まるで懐かしむかのように遠くを見て、淡々と続ける。

「あのような腕ならば無い方がよかろう？　だが、騎士は切ってやれないと泣いて戻って来おった。さすがに赤子の手は切れなかったのだろうな。不甲斐ない騎士はそのまま追い出してやった」

二十七年前、この王宮が狂気に包まれた瞬間があったのだ。

アイナはそっと目を閉じた。瞼《まぶた》の裏にその時この王宮で起こったことが浮かんでくる。男の怒号と女の泣き叫ぶ声が聞こえたような気がして、耳を塞ぎたくなった。

「儂はミラのことを愛していた。だから、儂の力が及ぶうちは生きる場所を与えてやると約束したのだ」

そしてあの寒い地に、エドウィンは幽閉される。それはミラ王妃が亡くなった今でも続いているのだ。

「酷い顔をしているな」

ディランはアイナを見て、呆れたように笑った。

「悲しいか？　だがこのままいけば、そなたもミラと同じ道を歩むことになるぞ」

アイナは首を横に振って彼を見上げ、そして微笑んだ。

「エドと共に歩みます。ずっと一緒に」

それはミラにも、ディランにもできなかったことだ。決して同じ道にはならない。

クッと喉を鳴らして、ディランは窓の外に視線を移した。

「賭けをしよう、アイナ・ルーウェン」

ディランが自分の名前を知っていたことに驚く。

「ラルフガルドとエドウィンと、どちらが勝つかだ」

「勝ち負けなど……！」

ディランのその不穏な言葉に、アイナだけでなく、後ろに控えているシュルツも息を呑んだ。

「なにも生死を賭けるとは言っておらんぞ。交渉であってもそれは戦いだからな。ラルフガルドが負けたら、そなたの望みを叶えるよう言ってやろう。エドウィンが負けたら……そうだな。これでよい」

そら、とディランがミラの形見の指輪をアイナに返す。指輪をそっと握ると、それはディランの熱で温かくなっていた。

「……エドナから使者が来たと聞いた時、エドウィン本人が復讐に来たと思ったのだがな。まさかそなたのような女を寄こすとは思わなんだ」

「そんな、復讐なんて」

「では恨んでないと言うか？　戯言《ざれごと》は止めておけ」

「恨む相手の顔すら知りませんのに？」

アイナが小さくディランへ微笑んだ。

エドウィンは父の顔も腹違いの兄の顔も知らない。そして、エドナ城だけでずっと生きてきた。恨んでいるか否かではなく、恨むことを知らないのだ。バードだってそんなことは教えない。そして何より、エドウィンはアイナに優しい笑顔を向けてくれる。愛してくれる。

そんな人がどす黒い恨みを抱えているなんて、あるはずがない。

「恨むような人でしたら自ら来るでしょう。陛下の首を切り落としに」

アイナを見るディランの瞳が、一瞬険しく光る。だがそれも一瞬のことで、すぐに消えた。

「ならば儂が返り討ちにしたものを」

心底可笑《おか》しそうにディランが笑った。そんな笑い方をされると、逆にどうしていいか分からずアイナは困る。

きっと、ディランはずっと恨んでいたのだ。

それはミラ王妃を自分から奪い取ったエドウィンのことかもしれないし、ミラ王妃に手を差し伸べられなかった自分自身のことかもしれない。そしてなによりも国王という立場を恨んでいるのかもしれない。たくさんのものを恨んでしまうくらい、ディランはミラを愛していたのだ。

だから、エドウィンが復讐に来ると思っていた。母親であるミラを捨てた男を許さないと言って、自分に斬りかかってくると、ずっとそう思っていたのだ。

だがそれはディランの勝手な思い込みだ。ミラを見捨てたことを一番許せないのは、ディラン自身なのだから。アイナはそっと微笑んだ。

「陛下。お手に触れさせていただいてもよろしいでしょうか？」

ディランの右手に視線を送ると、彼は少し驚いたような顔をしたが、そのまま右手を差し出して触れることを許可した。アイナは自分の左手を、ディランの皺のある右手にゆっくりと絡ませる。

そして何度か握ってみる。アイナが口元を綻《ほころ》ばせるのを見て、ディランが怪訝《けげん》な顔をした。

そして繋いだ手を離すと、アイナはディランの顔を仰いで言う。

「エドウィン王子はミラ王妃そのものの姿なのだそうです」

それは以前マリアンヌが教えてくれたことだ。

「でも、口元と右手は陛下にそっくりなのですね」

その少し薄い唇も、骨ばった大きな右手も、アイナのよく知るエドウィンそのものだ。

ディランはアイナを見つめたまま、しばらくの間立ち尽くしていた。

「……そうか」

ようやく口を開いたディランの声はとても静かで、昔話を語ることにどこか疲れたようだった。

きっとこれからも、エドウィンが父と会うことはないのだろう。二人の間にある溝は深すぎて、互いを許すことはない。それは仕方のないことだ。

だからアイナは、ディランの顔をちゃんと覚えていようと思った。ほんの少しだけ面影を持つあの人の代わりに。

いた。

23　人ならざるものの叫び

王都を空から望むことができるなど、一体誰が想像しただろう。ラルフガルドは感銘の溜息をついた。

レグザスは午後の日射しの中、数度王宮を旋回し、風を斬って大空へ羽ばたいた。

供には腕の立つ第三騎士団長のマイルズを付けた。レグザスの背は男二人が乗ってもびくともしない。ラルフガルドは、『神の遣い』という言葉を噛みしめる。

だが、その『神の遣い』はいたって呑気だった。

『お父さんはお母さんが大好きで、お母さんはお父さんが大好きなの』とか、『バードはいつもお母さんのお世話が大変だ、って言うの』とか、子どもの内緒話を一生懸命ラルフガルドに伝えてくる。これには頭を抱えてしまったが、三児の父親であるマイルズがこれまたいい話し相手になっていた。子どもがいるとレグザスの扱いも容易《たやす》いものなのかと感動すら起きる。結局、竜に乗ったマイルズもレグザスと言葉を交わすこととなった。

ラルフガルドは眼下を眺める。王都はあっという間に小さくなっていて、森や畑が延々と続いている。王都から北、エドナにかけてはルシュターナの穀倉地帯となっている。広がる大地を見渡し、これを守るのが自分の仕事なのだと改めて胸に刻む。

夕方になり、そして夜になってもレグザスは休むことなく北に向けて飛び続けた。ラルフガルドもマイルズも馬の上で数日過ごす辛さを知っていたので、馬よりも居心地の良いレグザスの背の上は快適すぎるくらいだった。

そして朝日が昇り始めた頃、レグザスが声を掛けてきた。

『陛下。もうすぐエドナが見えます』

「もう着くのか?」

予想していたよりも早い到着に、ラルフガルドとマイルズは驚く。一日はかかると読んでいたが予想以上に速かった。

目を凝《こ》らして進行方向を見るが、街らしきものはまだ見えない。それでもしばらく進むと、はるか先に高い山々が見えてきた。それがルシュターナの国境であると分かると、ラルフガルドは目を瞠《みは》った。まだ行ったことのない北の地だ。山の麓《ふもと》には黒い森が大きく広がっている。

レグザスが嬉しそうに笑う。

『母が見えます!』

「……母?」

『うん。お母さん。エドナにいるのはお母さん』

「なんだと?」

大きな金色の目が弧《こ》を描いて細くなり、ラルフガルドを見る。

ラルフガルドは王宮でレグザスと交わした神への誓いを思い出し、頬を引き攣《つ》らせた。

「……騙したのか、レグザス」

『騙した？　先に騙したのは陛下だ』

軽やかな子どもの声で告げて、レグザスがへらりと笑う。

やがて、小さな城が見えてきた。どんどん近づいていくと、その庭の中央には、こちらを見上げる黒髪の男が立っているのが見える。

その髪と同じ色の瞳は、朝日に照らされて金色に輝いているかのようだった。


「レグザス。アイナはどうした？」

レグザスの頬を撫でている男の言葉は、ラルフガルドに向けたものでもある。

その男の背はすらりと伸びているが、逞《たくま》しいとは言えない。身体に濃い灰色のローブを着込んだ姿は、古い城と合わせて見ると隠者そのものだ。剣など握ったこともないのだろうその身体つきに、ラルフガルドは呆れた。王族の男子が剣を持たないなどあり得ない。無意識に、自分の腰に下げた剣を撫でた。朝日に照らされて、男の頬の下から首にかけて赤くぬめるようなものが見える。左のローブの袖からは尖《とが》ったものが見え、それが大きな手に繋がった爪であると知り、息を呑む。つ、と黒い双玉がラルフガルドを捉えた。

「朝っぱらからなんの用だ？」

エドウィンは怒鳴るわけでもなく、問い詰めるわけでもなく、ただ淡々と聞く。ラルフガルドが誰であるかももう分かっているのだろう。

そこに、城の中から白髪交じりの初老の男が駆け寄ってきた。執事の出で立ちをしているが、胸に手を当てお辞儀をする様子はまるで騎士のようだ。

ラルフガルドはフッと口元を緩ませてエドウィンに視線を向ける。

「まずは城の中に招いたらどうだ？　弟よ」

エドウィンが一瞬眉を寄せ嫌悪するかのような顔をしたが、すぐに表情を戻す。

「バード、案内してやれ」

呼ばれた男はにこやかに、「執事のバード・アルシスと申します」と丁寧に挨拶をした。

「アルシス？」

マイルズが怪訝《けげん》な声を出すと、バードは「アルシス家の三男坊でございましたよ」とにっこり笑う。

「へぇ？」

素っ頓狂な声を出したのはエドウィンで、そのあまりにも呑気な態度にマイルズがびくりと肩を震わせた。

「三男坊？　お前がか？」

「おや、ご存じありませんでした？　三人兄弟の末っ子でそれはそれは溺愛されまして」

「可愛くないのにな」

「そんなことはありませんとも。昔は、まるで天使のようだと毎日言われておりましたよ」

マイルズは、エドウィンとバードのこの会話に呆気に取られたようだった。

ラルフガルドもマイルズの気持ちは分からなくはない。そこにはただ穏やかな空気が流れていて、気を張りつめている自分が場違いのように思えてしまう。

ラルフガルドとマイルズがレグザスの背から降りると、バードがのんびりと城の中へ案内する。エドウィンはといえば、さっさと城に入ってしまっていた。

着いた先は食堂のようで、大きなテーブルが部屋を占めていた。窓から柔らかな朝の日差しが入り込み、爽やかな空気が部屋に満ちている。

エドウィンがバードと入れ替わりに部屋に入って来た。

「好きなところに座ればいい」

そう言われて、エドウィンに向き合うようにラルフガルドが座り、その後ろにマイルズが立って控える。バードは戻ってくると、甘い香りのする茶の入った白磁のカップを二人の前に並べていった。

しばらく沈黙が続いたが、エドウィンが先に口を開く。

「わざわざ国王陛下がおいでになった理由が知りたいな。使者を行かせていたはずだ」

「魔女だけでは話がつかなかったのでな。それにお前に会ってみたかった」

それはラルフガルドの本音だった。

「それで、国王陛下の答えはどうなんだ？」

「認める気はさらさらないよ、エドウィン」

穏やかなラルフガルドの声に、エドウィンが笑顔を引っ込めてすっと目を細める。

「ここは王宮の直轄領だ。王族の務めを果たせない者をこの城に置いておくわけにもいくまい？前国王の御世は終わったんだ。甘えてのうのうと生きてきたお前が許せないな」

エドウィンはピクリと眉を動かしただけで、なにも言わなかった。それを見てラルフガルドは自分の中に怒りが膨らむのを感じる。

「お前の存在が、どれだけ王宮を混乱させてきたか分かるか？　貴族たちはいまだにお前のことを噂する。前国王の血を引いた者が他にいるのだと、正統な王位継承者である余に、堂々と盾つく輩《やから》もいるぞ。反体制を掲げる奴らはまだお前を担ぎ出そうとする。役に立たぬくせにな」

「そんなもの……」

「まあ、いずれ余が奴らをねじ伏せることに変わりはない。だが、打つ手はいくつあってもいい」

「俺にどうしろと言うのだ」

息を殺すように低い声を出したエドウィンに、ラルフガルドは指を優雅に組んで笑いかけた。

「その身体ではどうにもならんだろう？　エドナではないが、少し離れた山に修道院がある。そこに入ったらどうだ？」

「……修道院だと？」

「誰にも知られずにそこへ行け。お前の行方が掴めなくなれば、奴らもいずれ黙る」

「アイナはどうする気だ？」

「どうもしない。しばらく経ったら実家に帰してやる」

「ふざけるな！　アイナは俺の妻だぞ！」

エドウィンがテーブルを激しく打ち付ける。だがそれにもラルフガルドは動じない。交渉の場では相手が激高するなどよくあることだ。

「妻？　ああ、そうだな。アイナ・ルーウェンはレグザスを自分の子だと言っていたからな。さすが化け物の妻だ。産む子も人ではない」

「……っ！　アイナを侮辱するな！」

わざとらしい挑発に、エドウィンが易々と乗るのは明白だった。

「ああ、悪かったな。言い過ぎた」

ゆっくりと微笑みを浮かべて謝罪するラルフガルドの態度に、エドウィンが動揺する。

単純な男だ。感情が先に立てば良策も思いつかないだろう。エドウィンはもはや手の上で転がっているも同然だ。時間もあるので、あとはじわりと攻めればよい。

「アイナをさっさと返せ。それに王家とは縁を切ると伝えているはずだぞ。もう関係ない」

「ならば、なおさらこの城から出て行ってもらわないとな。城は平民の住むところではない。そして黙って修道院に行け。ここに居座ることは許さない」

ラルフガルドは指を組んだまま周りをゆっくりと眺める。エドウィンの後ろに控える執事の顔には薄い微笑みがあった。それは諦めの表情なのか、執事としての姿勢なのか分からない。

しばらく沈黙が続いた。そして、先に口を開いたのはエドウィンだった。

「言いたいことはそれだけか？」

「……なに？」

ラルフガルドの眉がピクリと上がる。

「それをわざわざ言いに来たのか？　用が済んだのなら、そろそろ帰ったらどうだ？」

エドウィンがニヤリと笑う。

「なんだと？」

ラルフガルドが怒りの目を向ける。なぜ、ここでエドウィンが笑うのか。

「帰った方がいいんじゃないか、と言っている。アイナは火薬で城を吹き飛ばすのが得意なんだ。お前の城も、今頃吹き飛んでいるかもしれないぞ」

エドウィンの後ろでバードが笑い出すのが見える。もちろんここで引き下がる気はない。

「まだ時間はある。見ろ、茶もまだ飲んでいない」

「どうした？　お迎えが来るまでの時間稼ぎか？」

ゆっくりとラルフガルドが目を見開くのを見て、くすりとエドウィンが微笑む。

「レグザスは速かっただろう？　どれぐらいでエドナに来た？」

「……半日程度だ」

「へぇ？　そのくらいで王都に行けるのか」

エドウィンが驚いたように目を丸くする。

「丸一日だとアイナ・ルーウェンは言ったがな。まさか半日とは」

「そうか。じゃあアイナが勘違いしたんだろう」

勘違いなものか、とラルフガルドは心の中で舌打ちをした。アイナがわざと時間を長く言ったのだということに気づく。もしかすると、それは目の前にいる男の指示なのかもしれない。

「レグザスはあっさりとお前のお迎えを飛び越えて来たんだな」

エドウィンが窓を見る。庭に控えていたレグザスが城の中を覗《のぞ》くようにこちらを見ていた。

「早く着いて驚いたか？　本当は、前もって送り込んだ騎士に俺を捕まえさせてから現れるはずだったのにな」

エドウィンがクスクスと笑う。

「こんなことだろうとは思っていた。まさか国王自ら乗り込んで来るとは思わなかったが、それで確信が持てたよ。だから、国王陛下には騎士たちが来る前にお帰りいただきたいのだが？」

他意などまるで感じさせないような笑顔に、ラルフガルドは腹が立った。

「ほう？　レグザスまで余に渡して、たった一人で騎士と戦うつもりか？　勇敢なことだ」

「ならば、レグザスに人を殺すことを教えろと？」

そう言ったエドウィンは、口の端を歪めて睨む。

「レグザスは竜だ。このままエドナに残れば、お前や王宮の騎士たちが攻めてきても皆殺しにできる。だが、覚えさせるなよ、人殺しなど！」

怒りを含んだエドウィンの左目が、金色に輝いた。ラルフガルドは息を呑む。

どんな形であれ、レグザスが人を殺《あや》めればそれで終わりだ。それはもはや『神の遣い』などではなく、人に仇《あだ》なす魔物になり下がる。そうなれば、ラルフガルドが王の名と威信を以《もっ》て、全力で竜を叩き潰すことになるだろう。

「では、余がお前を討つだけだ。残念だよエドウィン。化け物にもせっかく生きる機会をくれてやったのに」

ちらっと後ろに視線を送れば、マイルズがテーブルの上に飛び乗り、エドウィンの顔の前に抜いた剣を向けた。

「これで答えは決まったな。生きてさえいれば、そのうち愛しい妻にも会えるかも知れんだろう？城を出て行け。さもなくば死だ」

「……生きてさえいれば、か──」

エドウィンはゆっくりと立ち上がる。それに合わせてマイルズの剣も顔を狙ったまま動く。すっとエドウィンの左手が伸びてきたかと思えば、剣の刃をぐっと握った。

「なっ⁉」

マイルズが虚をつかれて驚きの声を上げる。刃を掴んだエドウィンの左手は、普通であれば裂けるはずなのに血の一滴すら流れない。エドウィンが刃を握りしめる手に力を込めて、マイルズはくっと歯を食いしばって必死で抵抗する。反対にエドウィンは顔にうっすらと笑みさえ浮かべていた。

「ぐあっ……！」

マイルズが叫んで剣を手放すのと、エドウィンの手の中で刃が折れるのは同時だった。折れた剣が床に落ちて鈍い音を立てる。エドウィンが左手を見てゆっくりと小首を傾げた。まるで子どものようなあどけない仕草に、ラルフガルドの背筋が凍る。

その瞬間、けたたましい破裂音が響いて窓が吹き飛んだ。レグザスが頭を突っ込んでラルフガルドに飛びかかろうとする。

「やめろ！　レグザス！」

エドウィンが叫び、制止するように竜へ手を伸ばした。

だが先に動いたのはラルフガルドの方だった。

「化け物が！」

素早く細身の剣を抜き、真っ直ぐにエドウィンを突く。

自らを庇ってかざす彼の左腕に、剣が刺さる。

「……っく！　なんだこれは！」

確実に貫いたと思ったエドウィンの左腕は、まるで固い石のように全く刃を通さない。

ならば、と力を込めて剣を腕の上から斜めに引く。その骨と肉を断つはずだった。

はらりと鼠色の布が裂ける。

だが、斬り裂いたのは、エドウィンの着込んでいるローブの袖だけだった。

そこから橙色《だいだいいろ》に光るものが現れるのを、ラルフガルドとマイルズはただ呆然と見ていた。

最初は血だと思ったのだ。ぬめぬめとした赤い色は、腕を伝う血であると。だがそれは間違いで、傷ひとつなく輝く大きな鱗《うろこ》は、ラルフガルドの力がまったく及ばなかったことを物語っていた。

ラルフガルドはのろのろと剣を下ろす。それを横目で見たエドウィンは、テーブルの上で呆然としているマイルズに声を掛けた。

「そろそろ降りたらどうだ？」

だが、依然突っ立ったままのマイルズを見て、エドウィンは顔をしかめる。

「マイルズ」

ラルフガルドが声を掛けると、マイルズもようやく我に返り、急いでテーブルから飛び降りた。

エドウィンが切れたローブの袖をゆっくりとたくし上げ、自らの左腕をすべて見せる。あまりにも不気味な姿に、ラルフガルドとマイルズは目を逸らした。

「俺の身体は竜の血だか肉だかが混ざっているみたいだぞ」

そう言うエドウィンは、ラルフガルドの様子を面白がっているのでもなく、剣で倒されなかったことを安堵しているのでもなかった。

「俺が産まれた時に、お前の父親が腕を斬り落とそうとしたらしい」

自分の父親でもあるのに、まるで赤の他人であるかのような言い方をする。

「だが、俺のこの腕は剣を通さなかったそうだ。なあ、バード?」

エドウィンが振り返って後ろに立つ執事に声を掛けた。それに反応してマイルズが顔を上げてじっとバードを見つめる。

名を呼ばれたバードは、視線を下げ、微笑みを浮かべたまま口を開いた。

「確かにあの時、赤子の腕に騎士の剣を突き立てたのですよ。渾身《こんしん》の力で一気に片を付けるつもりで。なのに傷一つつきやしない」

ラルフガルドもマイルズもその場に縫い止められたように動けなくなる。

「エドウィン様は片手に乗るぐらいの赤子でした。まだ本当に小さかった」

そしてバードが右腕を胸の高さまで持ってきてその掌《てのひら》をじっと見つめる。まるで赤ん坊を片手で抱えるかのような仕草だった。

「アルシス家の……」

マイルズが絞り出すように声を出すと、それを聞いたバードがあざ笑うかのような表情になる。

「騎士の名門として代々続いたアルシス家も、私が潰したようなものです。昔話ですけれどね」

「……なんてことだ」

マイルズが呻《うめ》く。だが執事は鼻で笑っただけだった。

「この力まではお前たちも知らなかったんだろう？　レグザスとだって互角にやりあえる力だ。騎士が俺に剣を向けたら、そいつらがどうなるか分からんぞ」

エドウィンが振る剥き出しの左手を、ラルフガルドはただ見つめた。

剣をへし折る手も、貫けない腕も、鱗《うろこ》で覆われた身体も――

それはもはや人ではない。断じてない。

竜が混ざっていると言ったが、ではあのレグザスとの違いはなんだ？

同じ皮膚、同じ指、同じ爪。

竜は神の僕《しもべ》。ならばこいつは――

ラルフガルドの背筋に戦慄《せんりつ》が走る。

「お前は一体なんなんだ……!?」

「化け物なんだろう？　お前はさっきからそう呼んでいるじゃないか」

自嘲するかのようにエドウィンが笑う。

「お前たちに殺されてやってもいいと、ずっと思っていた。でもアイナが俺を死なせまいとするからな。俺はアイナと一緒に生きたいんだ。だから――」

エドウィンの顔がぐしゃぐしゃに歪む。

「俺を本当の化け物にするなっ……！」

それは、絞り出すような叫びだった。

急にむせかえる血の匂いが漂ってきた気がして、ラルフガルドは目を瞑《つむ》る。

積み重なる騎士の屍《しかばね》の真ん中に、ぽつんと立つ男が見えた。それは異形の身をさらけだすエドウィンだ。その生々しさは、表向きには平和を謳歌《おうか》しているルシュターナ王国に似合わない。それから一人の女が瞼《まぶた》に浮かんできた。彼女がたった一人で二匹の竜を抑えていることを思い知り、まさしく魔女だと声を出して笑ってやりたくなる。

ゆっくりと目を開いたラルフガルドは、エドウィンを眺めて、ようやく言葉を出した。

「余とて大事な騎士をここで失う気はない。だが、アイナ・ルーウェンを簡単に返すと思うか？」

「なんだと？」

エドウィンが顔を上げるのを見て、ラルフガルドは口元をわずかに釣り上げる。

「魔女は王宮に置く。レグザスを……いや貴様を従わせるにはちょうど良いからな。どうせ、おとなしく修道院に行く気などないのだろう？」

「アイナを人質にするつもりか！」

「ああ、ある意味そうだな。だがあの女は、調合師として余に自身を差し出したのだぞ」

「……そんなことは知らない」

「レグザスも証人になるだろう。調合師など余には不要だが、こういう使い道はある」

ラルフガルドは、エドウィンが呻《うめ》いて拳を握る様子を目を細めて眺めた。

「どうする？　エドウィン」

ラルフガルドの挑発に、エドウィンが考え込む。

「……じゃあお前を人質にすればいい。すぐにアイナと交換してやる」

「国王を人質に取れば、ただでは済まんがな」

ラルフガルドがクッと喉を鳴らす。エドウィンの態度は予想通りだ。本当に分かりやすい。もはや彼を攻める気はなかったが、国王としての立場と矜持《きょうじ》があるのでそれは見せない。

エドウィンにも使い道はあるのだ。ラルフガルドはそれが面白くて仕方がない。

「王都に来るがいい。そして女を持って帰れ」

楽しそうに笑うラルフガルドに、エドウィンもバードも、そしてマイルズも戸惑っていた。


部屋の中は闇に包まれている。小さな窓の外から、月がわずかにアイナを照らしていた。

少し前に黒い筋が月を横切った。それを見た瞬間、アイナは口元を綻《ほころ》ばせていた。

窓枠に手を掛けてじっと外を見つめる。だが目を凝《こ》らしても、ぼんやりとした王宮の木々しか見えてこない。

すると、背後で扉の開く音と布擦れの音がして、誰かが入ってくる気配がした。

相変わらず窓の外を見続けているアイナに向かって、部屋に柔らかい声が響く。

「どうした？　なにを考えている？」

「……この城を壊すだけの火薬の量について、考えていました」

アイナのその答えに、密やかに笑う気配がした。

「それから……エドのことを」

少しだけ身体を向けて振り返る。近づいてくる男の顔はまだ闇の中で見えなかったが、それが誰よりも会いたかった人であることは確かだった。

「やっと見つけた」

後ろから抱きしめられて肩に顔を埋められる。そのくすぐったさに小さく笑い声を上げた。

「どうしてエドがここに来たのです？」

お腹に腕を回すエドウィンに背中を預けた。

「国王を人質にして、アイナを迎えにきた」

息を呑んだアイナが慌ててエドウィンに向き直る。その笑顔を見て、冗談かと安堵した。

確かめるようにエドウィンの頬にそっと触れれば、ちゃんと温かい。

「アイナはいつも城の外では迷子になるからな」

「そんなこと、ないですよ？」

顔をしかめつつ答えたものの、この王宮内でも迷ったことは事実なのでドキリとする。

「どうだかな。もう俺から離れるなよ？」

「離れたことなんてありません」

アイナがふわりと笑う。

レグザスに乗って王都に来たってそうだ。アイナの心はずっとエドウィンのそばにある。

離れることなんてできない。誰も二人を引き裂くことはできない。

アイナは自分の左手をエドウィンの右手に絡ませ、そしてぎゅっと握る。

「だから、離さないでくださいね？」

繋いだ指はそのままで、エドウィンとアイナは深い口づけを繰り返した。

24　執務室の訪問者たち

朝、いつもより少し遅い時間にラルフガルドが執務室に入ると、先に来ていたシュルツがあからさまな安堵の表情を浮かべる。それは学友としての気遣いでもあった。

「陛下がご無事でなによりです」

「すでに聞いたか」

「『トカゲの王子様が来ている』と噂になりつつありますよ。なぜ王宮に連れてきたのですか？」

「なに、ちょっとした意趣返しだ」

ニヤリと笑うラルフガルドを見て、シュルツは困惑の表情を浮かべた。

「そんなことより、俺はお前の噂の方が興味深いが」

言われたシュルツは嫌そうな顔をするが、それにはなにも返さなかった。

「……まったく。どいつもこいつもアイナアイナと」

ラルフガルドが溜息混じりにつぶやく。

「陛下。エドウィン王子を放っておいてよろしいのですか？」

「奴が逃げる意味などないだろう？　部屋でおとなしくさせておけ」

アイナがいる限り、エドウィンも静かにしているだろう。それに下手に動いても、自らの立場を悪くするだけだ。

そこへチェザリスを伴って父であるディランが入って来た。ラルフガルドとシュルツは礼を取る。

「帰ってきたのか」

どっかりと椅子に腰を下ろしたディランが柔らかい声を出す。そこには息子を心配する父親の顔があった。

退位してからのディランは温和になったと、ラルフガルドは思う。脚を悪くしたせいで、それまで国王として張り詰めていた気持ちが萎《な》えたのかもしれない。気弱になったといえばそれまでだが、退位しなければ心が休まらないのはしんどいことだ。国王になったラルフガルドは、今になってそれが分かる。

「父上、いかがされました？」

そうにこやかに父親に問いかける。

「確かめにきたのだ」

ディランの言葉に、ラルフガルドが怪訝《けげん》な表情を浮かべる。

「儂はアイナ・ルーウェンと賭けをしてな」

「賭けですか？　それはどのような？」

「さてな」

ディランがすっと目を細めて、証人となるシュルツをラルフガルドの肩越しに見た。

「だが、どうやら儂は負けたらしい。のう、シュルツよ」

シュルツが驚いたようにディランに顔を向ける。

「……生かして、なおも王宮へ入れるとはな」

低い声で言うディランの目が光る。ラルフガルドが息を呑んだ。それがエドウィンのことだとすぐに理解し、アイナと交わした賭けの内容がどういうものか、容易に想像できた。

「ご期待に添えず申し訳ございません。それで、負けた父上はどのような条件を呑むのです？」

「アイナ・ルーウェンの望みを叶えるように、国王に頼んでやると約束した」

「……そうですか」

「驚かないのか？」

ディランが片眉を吊り上げ、面白くなさそうに言った。

「あの女の言うことは想像できますから」

「そうか、残念だよ。儂はもちろんお前に賭けていたのだぞ。なあシュルツ？」

名を呼ばれたシュルツが慌てて返事をする。

ラルフガルドは苦笑いしてシュルツを見ると、ディランに向き直ってニヤリと笑った。

「私も残念ですよ。ラルフガルドでなく、国王に賭けてくだされば勝てましたでしょうに」

「ふん。お前も減らず口をたたくようになったな」

口元を歪ませてディランが笑う。その笑顔を見て、最初からアイナとの賭けに負けることが分かっていたのではないか、と勘ぐりたくなった。それはわざと負けたことにするのか、それともラルフガルドが勝つと最初から見込んでいなかったのか。いずれにしてもディランが語ることはない。

「では、新しい国王陛下に期待するとしよう」

それだけ言って、ディランは杖を片手にゆっくりと執務室から出て行った。

「陛下。あまり我々を心配させるようなことはなさらないでください」

ディランを見送ったチェザリスは、深く溜息をついた。

そこへノックの音がして、文官が顔を出す。

「薬師《くすし》長マシアス・シェクター殿が陛下に謁見したいとのことです」

「今日は他に執務の予定はございませんが、いかがなさいますか？」

チェザリスがラルフガルドの予定を確認して問う。エドナに行くために数日分の予定は空けてあったが、帰って早々にディランやマシアスと会談するとは思わなかった。だがマシアスは、ラルフガルドが幼い頃王宮で遊んでくれた相手でもある。好々爺《こうこうや》のマシアスの面会を、断る理由もない。

了承すると、すぐに薬師の鞄を抱えたマシアスがやって来た。

「陛下。ご無沙汰しております」

マシアスが胸に手を当て、丁寧にお辞儀する。

「元気そうだな、マシアス」

ラルフガルドの温和な声に、老人の小さな目が嬉しそうに輝いた。

「ルーテシアの薬の件、薬師長には礼を言う」

ルーテシアが倒れた時のことを思い出し、マシアスに伝えた。

「もったいないお言葉にございます。ですが……」

「ああ、分かっている」

礼はアイナに言うべきなのかもしれないが、わざわざ伝えてやることもない。

「アイナ・ルーウェンの荷物の件もご苦労だった」

「はい。調べるのに時間がかかりましたゆえ、お待たせをしてしまいました」

マシアスが人の良い笑顔を浮かべる。そして、抱えていた鞄から瓶をひとつ取り出した。

ラルフガルドはそれを受け取る。シャカシャカと瓶の中で粒の動く音がした。

「それはエルガリアでございました。陛下もエルガリアはご存知でありましょう?」

「名前は知っているが、実際に見たことはない。植物の実だったのか?」

ラルフガルドの問いにマシアスは首を横に振る。

「あのかたが作ったそうですぞ。飲みやすいようにと」

フッとラルフガルドが笑う。

「そんなものを作ってどうする？　娼館でも開く気か？」

「まあ、今の陛下に必要はありませんでしょうが、若い騎士たちは大喜びでございましょうなぁ」

マシアスが面白そうに言うとシュルツは笑い、そしてチェザリスは嫌そうな顔をした。

「エルガリアは希少種でございます。市井《しせい》では子種を成さない薬だと、噂程度に語られるものですが、あのかたはそれを大量に生産できると」

マシアスが、ゆっくりと言葉を紡ぐ。そして、その瞳に剣呑《けんのん》な光が宿るのが見えた。

「陛下。これに比べればエドナの城などお安いものでございますよ」

ラルフガルドの喉がごくりと鳴った。

「マシアス。余にエルガリアを買い取れと？」

「エルガリアだけではございませぬ」

暗に、調合師としてのアイナを買えと言う。決断を迫るかのように、マシアスが真剣な目をして身を乗り出す。

「……陛下っ！」

「分かっている！」

ラルフガルドは呻《うめ》いて頭を抱えた。

「……エルガリアとはな」

少量ならば特権階級だけの、都合の良い遊び道具だ。

だが大量のエルガリアが意味するのは――人口調整。

それはもはや神の領域だ。

「冗談じゃない。人は国力そのものだ。こんなものが大量にばら撒かれれば人口はどうなる」

「いずれ世の理《ことわり》は崩れ、国の力は衰えるやもしれませんな。子の生まれぬ国に未来は望めません。あのかたにその意思はなくとも、それを利用したがる者は現れましょう。今のうちに引き入れなさいませ」

ラルフガルドは溜息をつく。

『白き魔女』はエドウィンのとんでもない隠し玉だ。彼が愚鈍な男でないことはエドナで痛いほど理解した。だが、調合師のアイナにもまた、底知れぬ力があるのではないかと思うとぞっとする。

「……あの女はどうなんだ？」

「薬草についての知識はまだまだのようですがのう。これからが楽しみなお人でございます」

「ずいぶんとあの魔女を気に入ったんだな？　マシアス」

「あのかたの師匠を知っていれば、それは当然でございますよ」

そうしてマシアスは屈託なく笑い、席を立った。シュルツは扉を開けて恭《うやうや》しく彼を見送る。

椅子の背にもたれながらラルフガルドはまた溜息をついた。

「だからどうして、どいつもこいつもアイナなんだ……」

「陛下。それはどういう意味ですの？」

涼やかな声と共にルーテシアが執務室に現れた。その後ろにシュルツが気まずそうに立っている。

「王妃様が急ぎの御用だと……」

ラルフガルドは慌てて立ち上がり、ルーテシアを迎える。

「陛下がエドナにお出掛けだなんて知りませんでした」

ラルフガルドはルーテシアにそのことを知られるような心当たりはない。シュルツを睨めば、急いで首を横に振られた。

「心配させたくなかったのでな」

それは本心からで、俯《うつむ》くルーテシアの肩にそっと手を置いた。

「陛下。わたくし、お知らせとお願いに参りましたのよ」

顔を上げたルーテシアの青い瞳に吸いこまれそうになって、ラルフガルドの心臓の鼓動が速くなる。耳にかかる、煌めく彼女の髪をそっと指で弄《もてあそ》びながら、ルーテシアを驚かせないようにそっと囁《ささや》く。

「なんだ?」

「わたくしに、ようやくこのルシュターナでお友達ができましたの」

ルーテシアはまるで花が綻《ほころ》ぶような笑顔を夫に向ける。一方、ラルフガルドの笑顔は徐々に引き攣《つ》っていった。ラルフガルドの視界に「ぶっ」と吹き出すシュルツの姿が入り、今日何度目か分からない溜息をついた。

25　王宮の騒がしい朝

扉が開いて食器同士のぶつかる音がする。昨日の朝と変わらないその様子に、ベッドにすっぽりと潜っていたアイナは、まどろむ余裕もなく目を開けて青ざめた。

「っ！　もう起きてるから！」

セーラに向かって言うと慌てて起き上がり、剥がれないようにとシーツをベッドに押しつけながら脚を出す。

「きゃ！」

身体を引っ張られて、立ち上がれない。

見ると、まだ眠っているエドウィンの左腕がアイナの腰を捉えていた。その力は強くて振り解《ほど》けず、アイナは困惑する。

そんなこととは知らないセーラは、アイナのおかしな動きに眉をひそめた。

「なにやってるのよ？」

朝食の載ったトレイをテーブルの上に置き、アイナの方へ近づいてくる。

来られては困るのだ。セーラの視線を逸らすため、アイナがわたわたとベッドから逃げようとする。

「なにか隠して――」

セーラが言いかけたその時に、アイナの隣にあるシーツの塊が動いた。

「んあ？　バードか？」

寝ぼけた声を出したエドウィンに、アイナが固まる。いるはずのない男の声に、セーラも立ち止まって、「なっ！」と声を上げた。聞き覚えのない女の声でエドウィンも目が覚めたらしい。慌てて身体を起こす。それは余計にまずい！　と、アイナはシーツを広げてエドウィンを隠そうとしたが、もう遅い。

セーラの目に、上半身が裸で、更にその半身が鱗《うろこ》で覆われた男の姿が飛び込んできた。

「ひぃっ……」

目を見開いたままブルブルと震えはじめるセーラを見て、エドウィンはぎょっとした。

次の瞬間、耳をつんざくセーラの絶叫が響き渡った。

なにごとかとなだれ込んで来た衛兵たちは、ベッドの上の二人を見ると顔を赤らめ、固まって動けなくなったセーラを引きずるように運んでいった。

「なんだったんだ？」

エドウィンは目を丸くするが、セーラが驚くのは当然だろう。居るはずのない男が居て、しかもその男の半身は鱗で覆われていたのだから。少し彼女に申し訳なくなった。

アイナは溜息をつきながらベッドから降りようとしたが、またエドウィンに引っ張られた。

「だめっ！」

掻き抱いて胸に閉じ込めようとするエドウィンに、アイナが抵抗した。

壁も扉もあるとはいえ、部屋のすぐ外には衛兵がいるのだ。しかも鍵も掛からない。

「人が——」

「しばらくは来ないだろ」

怪訝《けげん》な顔をするアイナに、エドウィンが少し不機嫌そうな声を出す。

「アイナのその格好を見たんだからな」

自分の身体を見ると、セーラが昨日持ってきた新しいネグリジェ姿で、それもまた着る意味があるのかと問いたくなるほど身体が透けていた。

慌てて逃げるようにベッドの中に潜り込むと、これ幸いとエドウィンが手を伸ばしてきた。吐息が掛かるぐらいの距離まで引き寄せられる。

「すごい格好だな」

「これは王都で流行《はや》っているだけです！」

ルーテシアに聞いたら教えてくれたのだ。このネグリジェは新進気鋭のデザイナーの作品らしい。

「でも、着る意味ないだろ？」

確かにこんな薄い生地では風邪をひいてしまいそうだ。寝間着として役に立つとは思えない。

それには同意して頷くが、エドウィンがネグリジェを脱がそうと手を掛けてきて、彼の言葉の意味がアイナのものとは違っていることに気づく。

満面の笑みを浮かべたエドウィンに思わず見惚れてしまったアイナは、諦めて白旗を上げた。

エドウィンが黒いローブを羽織ると、その胸元にあるボタンをアイナが留めてやった。

「この部屋にずっと閉じ込められていたのか？」

ぐるりと部屋の中を見渡したエドウィンが心配そうにアイナを見る。彼女は少し笑って首を横に振った。

「結構忙しかったのですよ？」

楽しい時間だったとは言えないが、アイナはあえて黙っておいた。

そして、エドウィンの父親であるディランに会ったことも伝えなかった。

今更だ。それでもいつか話せる日が来るのだろうかと、血の繋がりを示すエドウィンの右手をアイナは眺めた。

そこに、静かに扉をノックする音が響いた。

アイナがそっと扉を開ければ、王妃付きの若い侍女が佇《たたず》んでいた。先日ルーテシアのお茶会へ誘いにきた侍女だ。

「王妃様が大変なんです！」

急に腕をしっかりと掴まれた。そして、そのままアイナを引っ張っていこうとする。

「え、あ、ちょっと！」

彼女の剣幕と予想外の腕力に驚きながら、アイナは焦って後ろを向いた。部屋を出ることをエドウィンに言いたいが、先ほどまでいた部屋は奥にあるのでここからでは声が届かない。せめて扉の前にいる衛兵に言付けをと思ったが、彼らの姿も見えなかった。

侍女はぐいぐいとアイナを引きずっていく。アイナは諦めて彼女について行くことにした。

「王妃様がどうかされたの？」

アイナが聞いても侍女は首を横に振るばかりで、この間の症状が悪化したのかと、自然に早歩きになる。

そして侍女に連れられて着いた先は、なぜか王宮の広い中庭だった。

もうこの庭に慣れてしまったのかレグザスがのんびりと丸まっていた。アイナを見るなり嬉しそうに首を上げた。

だがその瞬間、レグザスが喉の奥から唸《うな》り声を上げる。隣に立つ侍女が声を張った。

「竜！　言うことを聞きなさい！　お前の母がどうなってもいいのか！」

父なんですけど、とはさすがにここで言えない。

不意に掴まれた腕は後ろに回され、左頬に冷たいものが当てられた。金色の豪奢な飾りの付いた柄が目の端に入る。頬に当たる冷たい感触で、それが短い剣であることをようやく知った。

囚われたアイナの姿をレグザスに見せつける侍女の力は、思いの外強《ほか》い。

レグザスは助けようと近づこうとしたが、アイナを盾に取られているので、息を荒らげて地を踏み鳴らすしかできない。アイナも青ざめてその様子を眺める。

「あなた、本当に竜を操れるのね」

「操る？」

「だって、言うことを聞くじゃない」

レグザスにわざとよく見えるように短剣をちらつかせながら、侍女が言う。

「……竜をどうするつもり？」

「このままリリアージュに連れて帰るのよ」

「は？」

ルシュターナ王国の南に位置する小国、リリアージュ。そして王妃ルーテシアの故郷だ。なぜそこにレグザスを連れていこうとするのか、アイナにはさっぱり訳が分からない。

「エレン！」

聞き覚えのある声がして、視線をそちらへやると、ルーテシアが青ざめた顔をして立っていた。彼女は両手で口を押さえて震えている。その隣にはラルフガルドも、そしてシュルツや剣を構える騎士たちもいた。

「声を出したら刺すわよ」

エレンと呼ばれた侍女は、アイナの耳元で小声で脅すと、剣を隠すように下にずらして叫んだ。

「ルーテシア様！　助けて！」

目が点になったのは、アイナもレグザスも一緒だ。その言い方は、まるで自分が侍女を脅しているかのようだ。この瞬間に自分の方が悪者になったことをアイナは理解した。

「魔女！　エレンを返せ！」

「なにが目的だ！」

男たちが口々にアイナを非難する。そう言われても、アイナがエレンという侍女に捕まえられているのだ。反論しようにも背中に短剣が当たっているので、下手なことも言えない。あまりの状況に頭がクラクラしてきた。

「お願い！　エレンを離して！　ずっと、一緒に育ってきたの。彼女がいないと私……」

ルーテシアの悲痛な叫びが庭に響く。

もしかしたら、エレンはルーテシアの乳姉妹《ちきょうだい》なのだろうか。

レグザスはエレンを睨んだまま隙を窺《うかが》っていたが、彼女もまた用心深かった。アイナにぴたりと身体を寄せて誰も手が出せないように盾にする。それと同時に、うまく短剣の姿を隠していた。

エレンはアイナをちらりと見て、また大声を上げる。

「魔女がっ！　ルーテシア様を寄こせって！」

「ちょ、ちょっと！」

次はなにを言い出すのかと、慌ててエレンを止めようとしたが、「黙って！」と小声で鋭く言われてアイナは口を閉じた。

「わ、わたくしが行けばエレンを離してくださるの？」

ルーテシアの言葉に、アイナだけではなく騎士たちも、そしてラルフガルドもぎょっとした。

「やめろ、ルーテシア！」

ラルフガルドがルーテシアの腕を掴むが、彼女は必死にそれを振りほどこうとする。

「あ……っ！」

ぐっとアイナの腕にエレンが爪を喰い込ませてくる。その痛さに怒りが湧いてエレンを見上げたアイナは、思わず声を呑み込んだ。エレンはただ、今にも泣きそうな顔で唇を噛んで、ルーテシアをまっすぐに見ていたのだ。

なぜそんな表情をするのか。どうしてこんなことを——

「おい、そこの女」

聞き慣れたその声に慌てて顔を前に戻せば、エドウィンが立っていた。しかもなぜか、彼はルーテシアの後ろに立ってその首に左腕を回している。その周りにはエドウィンに蹴散らされた騎士たちが呻《うめ》いていた。

「さっさとアイナを離せ。でないとこっちの女の首を狩るぞ」

これ以上はないくらい真っ青な顔のルーテシアと、その首にかざされた大きな鉤爪《かぎづめ》。今度こそアイナはめまいがして倒れそうになった。これではどちらが本当の暴漢か分からない。

騎士たちの剣が次々にエドウィンへ向く。だが彼は周りを気にせずエレンを睨んだままだ。

「試してみるか？　俺が串刺しになるのが早いか、この首が落ちるのが早いか」

「や、やめ……て。こっちだって……」

震える手で握られた剣先が、アイナの頬に向けられる。

その様子を見て、その場にいる誰もがはっと息を呑んだ。真の脅迫者がエレンであることを知ったのだ。だが、王妃ルーテシアとアイナでは、あまりにも人質の価値が違う。一気に立場は逆転した。

「エ、エレン……どうして……？」

目を見開いたルーテシアの身体がふらりと揺れる。エレンが上擦った声を上げた。

「どうして？　この国にいても、ルーテシア様にとってお辛いことばかりではありませんか。頼りがいのない冷たい人たちばかりです。この魔女だって陛下にすり寄っていると噂されていますのに」

「違いますからっ！」

噛みつくようにアイナが言えば、刃が頬に強く当てられた。ひっと息を呑む。

「アイナ！　おとなしくしてろ！」

エドウィンがルーテシアの後ろから慌てて声を飛ばす。

アイナは震えながらもエレンを睨んだ。エドウィンの前で変なことを言わないでほしい。本当におかしな噂を広げているのは誰なのか。

「……だからルーテシア様、リリアージュに帰りましょう。そうすればきっと、お身体も元通り良くなります。魔女がルーテシア様を攫《さら》ったことにすればいいのです。それに、竜を連れていけばきっとお父上様もお喜びになりますから！」

「な、なにを言っているの、エレン……」

「でないと……！　このままではルーテシア様のお身体が壊れてしまう！」

それはエレンの悲痛な叫びだった。ラルフガルドがピクリと身体を震わせる。

「ど、どういうこと？　ルーテシア様のお身体がおかしいのは、ルシュターナに来てからなの？」

王宮の図書室で倒れたルーテシアを思い出しながら、アイナが問う。

「そうよ！　でもあなたの作った湯薬《とうやく》だけは感謝しているわ。あれは本当に効いたもの」

「他の痛み止めは？」

「効かなかった。……もうお喋りはやめて！」

エレンがアイナに向けて短剣を振るが、今度はアイナが眉間に皺を寄せたまま動かなくなる。遠くでルーテシアが悲鳴を上げたような気もするが、耳に入らなかった。

王宮の薬師《くすし》が『珍しい』と言った湯薬のレシピには、確かに手に入りにくい材料を使っている。そのうちのひとつは、エドナの森で採れるあのぐるぐる巻きの茎で——

「そう！　アーナンシェの解毒草！」

ぱっと顔を上げ嬉々として叫ぶと、エレンが驚いて怯《おび》えたような目を向けた。アイナは慌てて顔を取り繕《つくろ》う。

「解毒？」

逆に怪訝《けげん》な声を上げたのはエドウィンとシュルツだ。

「おい！　まさか！」

シュルツがアイナに怒鳴る。

「王妃に毒が盛られているなんて言うんじゃないだろうな！」

誰もが動きを止めた。エレンは信じられないとばかりに呆然とアイナを見ている。

「まだ何とも言えないけれど、少しずつ混ぜられていたら、分からないかもしれない……」

それはマティルダが教えてくれたやり方のひとつだ。毒が身体に蓄積して症状が出るまでに時間は掛かるが、毒が使われたことは発覚しにくい。だから暗殺によく使われる手だと言っていた。

「誰がやったって言うんだ！」

ラルフガルドが吼《ほ》えるが、それはアイナにだって分からない。そもそも、これは仮定の話なのだ。

はっと息を詰める気配を感じて隣を見れば、今度はエレンが真っ青になって震えている。

「なにか知っているの？」

エレンを落ち着かせようとあえて静かな声で問うと、エレンは縋《すが》るような目でアイナを見た。

「良く効く薬を取り寄せたからって……。毎日飲むようにって、ギューヴェ様が……」

聞き取れないほどの震える小さな声でエレンはつぶやくと、誰かを探すかのように庭の周りを見渡す。そして、エレンの瞳がルーテシアを捉えて止まるとエレンはゆっくりと剣先を自分に向けた。

「王妃様……。私が……至らずにこのようなことになって、本当に、申し訳ございません……」

ルーテシアをただ見つめながら、エレンが声を震わせて詫びる。

そして、彼女は両手で握りしめる剣の柄にグッと力を込めた。

「だめっ！」

アイナが左手を伸ばして、エレンの右手首を握り潰しそうなほどの勢いで掴む。アイナの右手は剣の柄を握るエレンの左手に重なった。短剣の刃はエレンの喉元寸前のところで止まる。

「は、離してっ」

アイナは意地でも離すものかと力を込めて、エレンの手を引き寄せる。このまま目の前で、エレンが自らの喉を掻き切る様子など見たくない。

二人に握られた剣がぶるぶると揺れる。

その瞬間、もつれ合う二人の手がバシンと下から叩かれて跳ねた。掴み合っていた短剣が空高く飛んで行く。綺麗な弧《こ》を描いて剣が地面に落ちる様を呆気に取られて眺めていたアイナは、竜の声で我に返った。

『お父さん、怪我はない？』

「……うん。大丈夫」

レグザスが、エレンとアイナの手を鼻先で打って助けてくれたのだ。アイナはほっと胸を撫で下ろした。しかし、レグザスは軽く触れた程度なのだろうが、打たれたアイナの手はジンジンと痺《しび》れて痛い。ぷっくりと赤く腫れていく手を見て目を瞬《またた》かせた。

エレンの手も同じように赤く腫れていたが、もはや痛みも感じないのか、ただぼんやりと立ち尽くしていた。駆け寄って来たエドウィンに、アイナは無事であることを伝えようと微笑みかけたその時。

「アイナ！」

エドウィンの叫ぶ声が聞こえて、ヒュン、と風を斬る音がした。

すぐに大きな影がアイナに覆い被さった。顔を向ければ翼を広げたレグザスが、アイナとエレンの前に立ち塞がっている。ボトリと音がした方を見ると、地面に落ちた矢が足元に転がっていた。

その矢は金属でできていて、先端は尖《とが》って鈍く輝いている。

誰かがエレンとアイナに向かって十字弓《じゅうじきゅう》を引き、レグザスがその盾になったのだ。

「レ、レグザス！」

『刺さらなかったから平気！』

体にしがみつくアイナに返事をすると、すぐにレグザスは頭を上げて王宮の一角に向かい唸《うな》る。

「貸せ！」

エドウィンが後ろに立つ騎士から剣を奪い取った。彼の左目がすっと漆黒から金色へと変わっていく。左手で剣を握り、振りかぶって遠くに見える窓へ向かって突き立てるように投げつける。

剣が音を立てて窓硝子《ガラス》を突き破った。

「当てたぞ、レグザスに矢を撃ったお返しだ！」

エドウィンの嬉しそうな声を聞きつつ、アイナは急いでレグザスの背に乗る。

「図書室へ！」

王宮の図書室からは中庭が一望できる。アイナがレグザスを眺めていたように、弓を放った人間もそこから見ていたに違いない。そしてエレンの作戦が失敗したことを知り、口封じしようとしたのか。

『突っ込むよ！　お父さん！』

「思いっきり行って！　でも、レグザスは怪我しないようにね！」

手綱を握り首にしがみつくアイナにわずかに笑い、レグザスが脚から図書室に飛び込む。窓の壊れる激しい音と共に棚が吹き飛ばされ、たくさんの本が宙に舞うのが見えた。レグザスは脚を滑らせながら着地する。

図書室から走り去る男の後ろ姿が見えた。

「待ちなさい！」

アイナが声を上げるが、男は振り返ることなくあっという間に姿を消していった。

逃がしてしまったかと唇を噛んだところで、ふと近くを見ると、右肩に手をやってうずくまる壮年の男がいる。肩を押さえる指の間から血が滴《したた》っている。その足元にはエドウィンの投げた剣が赤く染まって落ちていた。

轟音《ごうおん》を響かせて飛び込んできたアイナとレグザスを見て、その男は呆然としていた。しかし、すぐに慌てて剣を拾って立ち上がりアイナたちと対峙《たいじ》する形を取る。

「あ、あなた、ギューヴェ……」

『こいつ、知っているの？』

レグザスが驚いてアイナを見た。

アイナが知るギューヴェは、ルーテシアには愛想の良い顔を向けていた。それがなぜエドウィンの投げた剣に刺されているのか。竜の目で見たエドウィンが間違えているはずもない。

ならばギューヴェこそが犯人か。

「王妃様に差し上げていた痛み止めが、実は毒入りだったということ？」

そう問うものの、ギューヴェは返事もせずただアイナを睨むだけだ。

エレンは、ギューヴェが取り寄せてくれた薬を王妃に飲ませていた。そして、ルーテシアもそれは効かなかったと言っていた。

最初から薬に少量ずつ毒を混ぜていたのだろう。王妃を心配する振りをして、なんて酷いことを。

そうとは知らないエレンは、毎日ルーテシアに薬を勧めていたのだ。ただ良くなることだけを願って――

レグザスがギューヴェに一歩近づいた。

「く、来るな！」

突きつけられる剣に臆すること無く、レグザスはアイナを背に乗せたままゆっくりと進む。竜の大きな顔が勢いよく横に払われる、すると、ギューヴェの握る長剣はあっという間に弾き飛ばされ、部屋の壁にぶつかって落ちた。剣を失った彼は怯《おび》えた表情で後ずさりし、逃げ出そうとした。

だが、レグザスは勢いをつけてギューヴェに飛び掛かると、そのまま彼を掴み取り、壊した窓から再び一気に飛び立った。

あっという間の出来事だった。中庭に立つラルフガルドの前に、男は引き出される。

「貴様か、ギューヴェ」

ラルフガルドが鋭く言い放つと、ギューヴェは肩の傷の痛みに喘ぎながら顔を上げる。

「……陛下、リリアージュなどという力もない小国は、婚姻で友好を結ぶ必要はございません。ただ武力で従わせれば良かったのです」

「そう思っているのはお前ぐらいだ。戦争で稼ぎたがる人間などしょせんは無能だ。国を治めることなど何も考えていないのだからな」

ラルフガルドが冷たく睨めば、ギューヴェは青ざめておとなしくなった。そのまま彼はシュルツに引っ立てられて建物の向こうへと消えていった。

騒動が終わってアイナがようやくレグザスの背から降りると、後ろからぎゅっとエドウィンに抱きしめられた。振り返ったラルフガルドは、そんな二人と一匹を見て顔をしかめる。

「むちゃくちゃだな」

見上げれば、確かに飛び込んだ建屋の壁はボロボロになっていて窓など形もない。にもかかわらず、レグザスには、矢の刺さった傷も壁に突撃した痕も見当たらなかった。

確かにこれはむちゃくちゃかもしれない。

「……お前のことだ。アイナ・ルーウェン」

そう言われて、不本意そうに首を傾げるアイナを見て、ラルフガルドは呆れたように溜息をついた。

「ルーテシアの件は礼を言う。エレンの処分はお前が決めていい」

大きな決断を任されたことに戸惑いながら、アイナは抱きついているエドウィンの肩越しに離れた先にいる二人を見た。そこには泣き崩れるエレンと、宥《なだ》めるようにその手を握るルーテシアがいる。

きっと、誰よりもルーテシアのことを想って心配していたのはエレンなのだ。ただ、その心の隙を突かれて、王妃を守る方法を間違っただけ。辛いのはアイナよりもルーテシアの方だろう。

「王妃様の御心のままに」

そう告げれば、ラルフガルドは眉を上げ、薄く笑った。

「……でも陛下。ギューヴェはなぜルーテシア様を？」

「ギューヴェは元々、自分の娘を王妃に据えろとしつこかったからな。どうせルーテシアを殺すか国に帰すかして、また同じことを言うつもりだったのだろう」

そしてアイナのおかしな噂を吹き込んで、エレンや王妃を操ろうとしたのだ。巻き込まれたアイナとしてはエレンよりもギューヴェの方をどうにかしてやりたいのに、捕えられてしまったのでもう何もできない。

「ああ、そうだ国王陛下。弓を引いたのはあいつじゃなかったぞ」

エドウィンがアイナの肩に顔を乗せたまま、竜の目で見えたものを思い出して言う。

「そうだろうな。ギューヴェに弓の腕があるとは思えない。誰かを使ったんだろう」

「あ、図書室で逃げた人がいました。でも取り逃がしてしまって……」

つい先ほどレグザスと見た光景を思い出し、アイナは落ち込んだ。

「そいつなら、あそこにいる」

エドウィンが鉤爪《かぎづめ》で一人の男を指し示す。

「それを先に言え！　お前もむちゃくちゃだな！」

指された先にいる騎士服の男と、アイナに抱きついたままのエドウィンを交互に見遣ると、ラルフガルドは溜息をついて言った。

「一刻後に迎えをやる。それまで部屋でおとなしくしてろ」

ラルフガルドは指示を出すと、ルーテシアのもとへ向かっていった。

アイナは首を捻《ひね》ってエドウィンを見上げる。まさか彼が王妃を人質に取るとは思わなかったが、そうしてくれなければアイナが誘拐犯と勘違いされたままだった。ルーテシアがエレンを救おうと踏み出していたら、ギューヴェは彼女にも矢を向けたかもしれないのだ。

「エドが来てくれて助かりました」

「そりゃ、いきなりいなくなるんだからな。なのに探しに出たら城の騎士に囲まれるし、アイナは誘拐犯になってるし。それになんだ、国王にすり寄ってるって」

アイナの身体に回されていた腕に力が入った。うぐ、と声を漏らしてエドウィンを咎《とが》めるように見る。

「でも、アイナが無事で良かった」

エドウィンはそれだけ言って、アイナの頭を自分の胸の中に引き寄せた。

26　竜の飛び立つ日

謁見の間に続く大きな扉の前に、アイナとエドウィンは立っていた。互いに絡めていた指をそっと離す。

扉が開け放たれると、中にいた人々がアイナとエドウィンへ一斉に目を向けた。

ずっと噂されていた『トカゲの王子様』を一目見ようと、王宮にいた貴族たちが集まってきたのだ。突き刺さるような視線が痛くてたまらない。エドウィンは固い表情で周りを見渡していた。

正面の壇上にはすでにラルフガルドが玉座に腰を降ろしている。その右隣にはルーテシアが座っていて、アイナを見てそっと微笑んだ。

アイナとエドウィンは並んで前に進み、玉座の二人へ礼を取った。

「来たか」

ラルフガルドが口元を上げてエドウィンを見る。そしてアイナに目を向けると、『白き魔女』はこちらへ来るといい」と言って、ルーテシアの方を手で示した。

「え……」

思わずエドウィンの顔を見上げるが、彼も戸惑った表情を浮かべていた。

後ろ髪を引かれつつも前へ進み、差し出されるルーテシアの手を取る。そのたおやかな手に導かれて玉座のそばに立つと、エドウィンと向かい合う形となり、そこからは彼の姿がよく見えた。

ラルフガルドは、エドウィンをしげしげと見ている大臣たちに話しかけた。

「わざわざ大臣たちにも集まってもらったのは他でもない。そなたたちも知ってはいるだろうが、竜が訪ねて来たので紹介しておこうと思ってな」

「りゅ、竜でございますか？」

大臣の一人が、上擦った声でラルフガルドに返事をする。

「ああ、このエドウィンは竜の身でな。もちろんその息子レグザスを見れば明らかだとは思うが」

大臣たちは困ったような表情を浮かべる。

ラルフガルドの言い方では、まるでエドウィンが竜そのものだという意味に受け取れる。

アイナにも視線が集まる。きっと、レグザスを産んだのが本当にアイナなのかと訝《いぶか》しんでいるのだろう。そしてエドウィンのことは、人間に化けている竜だとでも思っているのだろうか。

そんな話が本当に通るのかとアイナも困惑する。だがラルフガルドはいたって真面目な顔で答えていた。

「し、しかし、こちらはエドウィン王子殿下では？」

「もう、『王子殿下』ではないぞ」

ラルフガルドの言葉に、大臣たちが息を呑む。謁見の間全体がざわめき始めた。

エドウィンが王族ではなくなった。それはエドウィンが望み、アイナが国王へ願ったことだ。それでも、本当にこれで良かったのかと不安になり、アイナは俯《うつむ》いてしまった。

「さて、エドウィン」

正面を向いたラルフガルドがエドウィンを見下ろす。そしてアイナを指差した。

「お前がここに来た理由がそこにある。言ったはずだ。アイナ・ルーウェンは余の調合師としてここにいる。毒についての知識があるようだから役に立つだろう。それを簡単に渡せると思うか？」

アイナがはっと顔を上げてラルフガルドを見た。

しかし、エドウィンは冷笑する。

「国王陛下はエドナでのことをもうお忘れのようだな」

初めて聞く彼の声に、広間に集まっていた人々は耳をそばだてていた。ラルフガルドといえば、肘かけに頬杖をつき、面白そうにエドウィンを眺めていた。

「余を人質に取ったことか？　それとも竜は王宮の騎士など余裕で皆殺しにできることか？　まったく許しがたいことだな。――ましてやルーテシアまで盾にするなど」

ざわりと部屋の空気が動く。不穏な国王の発言に、その場にいる人たちの顔色が変わった。

アイナも目を見開いてエドウィンを見た。国王を人質にとるなど冗談だと思っていたのだ。エドナでラルフガルドと対峙《たいじ》したのだと知り、心臓を鷲掴みにされたような痛みを覚える。二人のやり取りはどんなものだったのか。エドウィンは辛い思いをしたのだろうか。

ラルフガルドがアイナを見て笑いかける。それを見て、エドウィンは国王を睨みつけた。

そしてアイナは今、自分がエドウィンを従わせるための人質になっていることを知る。

「では、どうしろと?」

エドウィンが短く低い声を出す。

「竜はただおとなしく余に降《くだ》ればよい。生きる道はそれだけだ」

ラルフガルドは余裕のある顔で、神をも恐れぬ言葉を淡々と続けた。

自分がエドウィンを窮地に立たせてしまっている。アイナは、結局なにもできなかった不甲斐ない自分に悲しくなりぎゅっと拳を握った。

ふっと温かいものが触れて顔を上げると、ルーテシアが包むように手を重ねてくれていた。

エドウィンはその場に片膝をつき、跪《ひざまず》く。

「ルシュターナと国王陛下に忠誠を誓う」

静かな、それでいてしっかりとした声が広間に響いた。

そして、頭を垂れるエドウィンの流れるような動作は優雅で美しく、それがアイナには哀しかった。

それがどんなに強くて気高い心を持っているとしても、結局、エドウィンの未来は王宮に捕われたままだ。

「では、その忠誠に見合った働きをしてもらおう」

目を細めたラルフガルドがゆっくりと告げる。

「余の忠実な僕《しもべ》として、辺境伯の位と土地を与える。エドナ地方を善く治めてみせろ。もちろん、うまくできなければ爵位も土地も剥奪《はくだつ》する」

その言葉を聞いて、弾けるように顔を上げたエドウィンがしばらく固まる。それからきゅっと眉根を寄せるのが見えた。アイナもきっと同じ表情をしているのだろう。

「陛下！　いくらなんでもエドナは……！」

一人の大臣が声を上げるが、ラルフガルドはにこやかに微笑む。

「リスリン卿も知っているだろうが、竜は神に命じられてルシュターナの門を護るという。北の入口であるエドナにこの竜を配置するのはちょうど良いと思うのだが？」

リスリン卿と呼ばれた大臣は言葉を失う。

「……ああ、もうひとつエドナに武器を贈ってやろう」

怪訝《けげん》な顔をして立ち上がったエドウィンに、ラルフガルドは口の端を上げて告げる。

「北の護りに『白き魔女』を付けてやる。火薬を使い、城をも吹き飛ばせるそうだからな。現に王宮の図書室がひとつ無くなってしまった」

横目で見てくるラルフガルドの視線を避けて、アイナは顔を背けた。

城を吹き飛ばしたわけではない。大袈裟《おおげさ》な言い方に心当たりがあるはずのエドウィンに視線を戻せば、彼はそっぽを向いた。アイナの眉がひくりと動く。

「レグザスは仕官させろ。せいぜい余の役に立ってもらおう」

エドウィンがじっとラルフガルドの顔を見つめる。

「国王陛下のもとで高く空を飛ばせてやれるのか？」

「保証しよう」

「……ならば承知した」

エドウィンの返事に満足したラルフガルドは、大臣たちに向かって口を開いた。

「使えぬ人間の臣下よりは、人でなくとも使える竜の方がましだな」

ニヤリと笑う王の言葉に、広間の温度が一気に下がる。

ギューヴェのことも含まれている。つい一刻ほど前の事件を知らされた貴族たちには、かなりの牽制となったはずだ。

そして会談の終わりを告げるかのようにラルフガルドは立ち上がり、ルーテシアの手を取る。それからアイナの顔を見た。

「王妃の友人が平民だなど、ありえないことだな？　アイナ・ルーウェン」

そう言いながらラルフガルドは少し意地の悪い笑顔を向けてくる。

その笑い方がなんだかエドウィンにそっくりで、アイナは目を見開いた。

退出するラルフガルドに手を引かれたルーテシアが振り向いて、顔を引き攣《つ》らせているアイナへ可憐な笑顔をくれた。

「『白き魔女』様、ありがとうございます。お礼はこの次に是非」

その瞳は穏やかで、アイナを安堵させる。

王と王妃が退出するまで頭を垂れて見送り、それから顔を上げると、エドウィンが腕を伸ばしてくれた。壇上から駆け降りたアイナが手を差し出せば、掴まえられてその腕の中に抱きこまれる。

「エド」

彼の胸にそっと頬をすり寄せた。

その瞬間、後ろで叫び声がして、人々がうねるように広間の奥へと逃げていく姿が見えた。

慌てて広間の扉へと顔を向けると、レグザスが部屋を覗《のぞ》き込んでいた。どうやら誰かが扉から出ようとした時に、レグザスと鉢合わせしてしまったらしい。

「行こう！」

エドウィンがアイナの手を引き、人の流れに逆らいながらレグザスのもとへ走り出す。

謁見の間の大きな扉をくぐって外へ出ると、二人は息をついた。

『お父さんとお母さんだあ！　もう終わった？』

呑気に喜ぶレグザスを前に、アイナとエドウィンはぽかんと口を開く。

竜がいた中庭の木々がすべて丸坊主になっていた。咲き誇っていたはずの花々もどこかへ消えている。まるで中庭だけに真冬が来たかのような景色だ。

「……食べちゃったの？」

ようやく声を出したアイナに、レグザスは嬉しそうにぶんと首を縦に振る。

「さっさと逃げた方がいいな、うん」

エドウィンがアイナの手を引っ張る。二人と竜は一緒になって王宮の広い廊下を駆け抜けて、アイナに与えられていた部屋に勢いよく飛び込んだ。

エドウィンが白いマントを抱え、アイナは急いで荷物を鞄に詰め込む。それから紙に一言だけ、セーラへの礼を書いてテーブルの上に残した。

そしてまた叩きつけるように扉を開けると、今度は来た方角とは逆へ、二人と一匹は走った。

レグザスは廊下の壁にあちこち体をぶつけながら進む。

すれ違う人々が驚いて叫び声を上げていたが、そんなことは気にしていられない。

扉を抜けて光の溢れる庭に飛び出す。その広い庭園を眺めることもなく、呆然と立ち尽くす薬師《くすし》たちに挨拶もせず、アイナとエドウィンはレグザスの背に乗って空へ飛び立った。


レグザスはゆっくりと羽ばたいて、まっすぐ北へ進路を取る。

エドウィンは支えるように後ろからアイナを抱え、右手はレグザスにかかる手綱を掴んでいた。

走りっぱなしで絶え絶えだった息もようやく落ち着いて、空の上で安堵の溜息をつく。

そこに突然首筋にキスをされ、アイナは驚いて声を上げた。旅立った時のことを思い出したアイナが、ぎこちなく振り返ってエドウィンを睨む。

「エドのせいで変なあだ名が付いたんですよっ」

少し考えるように目を瞬《またた》かせたエドウィンが苦笑する。

「『白き魔女』ってやつか？」

「陛下もセンスがないんです！　だって見たまんまで名付けているんですものね」

むくれるアイナを見てエドウィンは笑った。

「それはいつになったら、『ルシュターナの魔女』になるんだ？」

「知りません！」

不機嫌な声を出しながら、そんな日が来るのかと疑問に思う。

宥《なだ》める気なのか、エドウィンがアイナの頭を抱えるようにしてポンポンと軽く叩いた。

「でもアイナにはその色が合うよ。まるで、あの時の雪の中にいるみたいだ」

アイナはエドウィンを見つめる。そして初めてエドナで雪を見た日のことを思い出す。

一緒に雪の中はしゃいだあの日は、今でもアイナの大切な記憶だ。

もしエドウィンも同じように想っていてくれたとしたら、それはすごく幸せなことだ。

「雪が積もったら、また雪玉を作りましょうね」

「ああ。今度は街まで投げてやるよ」

二人で笑い合う。そして空の上で蕩《とろ》けるようなキスをした。

レグザスがくすぐったそうに笑って、体を揺らす。

そして、どこまでも澄んだ青い空を切るように、竜は翼を大きく広げ高く飛んで行った。

27　光の庭園

陽の射すエドナ城の図書室で、アイナはもどかしい気持ちでナイフを使い、手紙の封を開けた。届いてすぐにバードが持ってきてくれたものだ。

紙を広げればそこには懐かしい字が見える。それは王都にいる父からの手紙だった。

エドナに帰ってきた時から、父の手紙はなぜか届かなくなっていた。それまでは頻繁に送られてきていたのに、だ。アイナが竜と共に王宮に乗り込んだことは知れ渡っているので、娘のせいで王宮からなにか咎められているのだろうか。

焦る気持ちで手紙の冒頭を読むと、安堵のあまり緊張の糸が切れたように身体から力が抜けた。

書かれていたのはいつものように王宮の話題で、それはアイナがずっと気になっていたことだ。ルーテシアの容体について。

やはりギューヴェに毒薬を盛られていたらしいが、口に入れていたのはわずかだったようで、解毒も効いて今は健やかに過ごしているとのことだった。きっと、王宮の薬師《くすし》たちが懸命に解毒薬を作ったのだろう。

あの悪戯めいたルーテシアの顔が思い浮かんだ。

痛み止めが効かないから捨てちゃおうか、と言っていたが、本当に捨てていたのかもしれない。

エレンの目を盗んでこっそりと。それが今回幸いしたとも考えられる。今度王宮に行く時には、是非ルーテシアに聞いてみようと思った。

そしてギューヴェだ。彼のことは父の手紙にも触れられてはいない。だが、国の王妃に手を掛けようとしたのだ。一生を牢獄で過ごすことになるのか、それともすでに処刑されたのか。きっと、この先もそれを知ることはないだろう。

アイナは溜息をついて、窓の外を見た。

エドナの空は穏やかに晴れ渡っている。遠く離れた王都の空も同じであることを願った。

また手紙に目を戻し、続きを読む。

そこに綴《つづ》られているのは変わらぬ家族の近況で、皆が元気で過ごしているというものだった。

遠い北の地で暮らす娘を気遣い、幸せを祈る言葉に安堵する。そして手紙の最後には、エドウィンに対して礼の言葉が綴られていた。

アイナはそこにわずかに引っ掛かりを感じる。

今までは書かれたことのないエドウィンへの言葉。

父はエドウィンと繋がりなどあったのだろうか？　ただ単に、二度も結婚歴のある娘を娶《めと》ってくれた奇特な男に、父親として礼が言いたいだけかもしれないが。

ふと、悪戯をする子どものような目をしたエドウィンの顔が思い浮かんだ。

「え？　あっ……！」

アイナはひとつのことに思い当たり、愕然《がくぜん》とする。

王族にしか使うことが許されない、ルシュターナの紋章が入った真っ白な用紙。

〝帰っておいで〟という言葉の代わりに王宮の状況を書き連ねた、頻繁に届く手紙。

あの時はただ昔話のように語っていたが、もしも、あの用紙を使ったのが子どもの頃のエドウィンではなかったとしたら？

「それって……」

手紙を持ったアイナは部屋を飛び出し、庭を駆けていく。

そこには、いつものようにしゃがみ込んで庭の手入れをしているエドウィンがいた。

「どうした？」

少し上気した顔のアイナを怪訝《けげん》な顔で眺めて、エドウィンは腰を上げる。

「父から手紙が届きました。エドにお礼を伝えてくれって……」

「そうか」

「……エドが、父に手紙を送ったのですね？　あの用紙を使って」

眩い日差しの中で彼は目を見張る。ばれるとは思わなかったらしい。

「ああ。王宮の様子を教えてくれとお願いした。この城になにかあればアイナの居場所がなくなるからと。結局、この城を守ろうとして、アイナが王都に行く羽目になったけどな」

苦笑いしていたエドウィンが、ふと遠い目をする。

「たくさん手紙が届いていたな。お父上は、アイナのことが心配でたまらなかったんだろう」

そう言う彼は、馴染みのない父親という存在そのものに戸惑っているかのようにも見えた。

「私の居場所を守ろうと？」

「……アイナが、帰りたくないって言ったんだろ！」

エドウィンが顔を真っ赤にして取り繕《つくろ》うように言った。その姿はまるで少年のようで、なんだか可愛らしい。

「私のせい、なんですか？」

すっと目を伏せてアイナがそう言うと、エドウィンは、「あ、いや、そういうわけじゃ……」としどろもどろになる。

アイナは、そんな彼の左手を掴んで引き寄せ、その腕の中に滑り込んだ。

いつだってそうだ。彼の想いには後から気づかされる。いつだって、彼の強くて大きな竜の腕はアイナを守ろうとして、目の前に広げられている。

アイナはエドウィンを見上げると、悪戯めいた微笑みを向けた。

「じゃあ、本当は大人のエドがあの用紙を使ったってことは、バードさんに内緒にしてあげます」

含み笑いをするアイナに、からかわれたことを知ったエドウィンは目を丸くした。

それから、降参とばかりに彼女の頬にキスを落とす。

そしてエドウィンの左腕に力強く抱きしめられて、今度はアイナが目を丸くする番だった。

内野月化（うちのげっか）
新潟県在住。2011年7月よりWEBで「トカゲの庭園」の連載を開始。同作品で出版デビューに至る。
好きなものはドライブと、世界地図を眺めること。

イラスト：岩崎美奈子
http://homepage2.nifty.com/g-e/top.html

本書は、「小説家になろう」（http://syosetu.com/）に掲載されていたものを、改稿のうえ書籍化したものです。

トカゲの庭園（とかげのていえん）

内野月化（うちのげっか）

2012年 5月 31日初版発行

編集－羽藤瞳・塙綾子
発行者－梶本雄介
発行所－株式会社アルファポリス
〒150-0013東京都渋谷区恵比寿4-6-1恵比寿ＭＦビル7F
TEL 03-6277-1601（営業） 03-6277-1602（編集）
URL http://www.alphapolis.co.jp/
発売元－株式会社星雲社
〒112-0012東京都文京区大塚3-21-10
TEL 03-3947-1021
装丁・本文イラスト－岩崎美奈子
装丁デザイン－ansyyqdesign
印刷－大日本印刷株式会社

価格はカバーに表示されてあります。
落丁乱丁の場合はアルファポリスまでご連絡ください。
送料は小社負担でお取り替えします。

ISBN978-4-434-16709-6 C0093